시간을 걷는 소년

시간을 걷는 소년

이순원

다림

\ 작가의 말 \

나무소년과 함께한 순정한 시간

열두 살 이후 자라지 않는 소년이 내 마음속에 오래 있었습니다.

태어날 때부터 몸이 약한 소년은 하늘에 있는 누군가가 늘 자신을 내려다보는 것 같습니다. 그것이 무섭기도 하고 두렵기도 한 소년은 어릴 때부터 자신에게 주어진 운명처럼 삶과 죽음에 대해 깊이 생각합니다.

길을 걸을 때에도 소년은 땅 위의 길이 아니라 하늘의 별 길을 걷듯 삶과 죽음의 경계를 나누는 시간 속을 걷습니다. 그것은 이 소년에게만 보이는 길입니다. 누구라도 소년의 이야기를 들으면 가슴속에 아릿한 슬픔이 차오를지 모릅니다.

이제 그 소년을 내 안에서 세상 밖으로 보냅니다.

너무도 오래 삶과 죽음의 경계 속의 시간을 걸어온 소년입니다. 많은 시간이 흘러도 별들은 여전히 소년의 머리 위에서 빛납니다.

그 빛과 시간 속에 세상은 또 이 소년에게 어떤 말을 들려주었을까요? 소년은 또 세상과 어떤 대화를 할 수 있었을까요?

이 세상의 생명을 양육하는 어머니들의 모성이 이 소년의 삶을 지킵니다. 나는 이 소년에게 나무소년이라는 이름을 붙여 주었습니다. 글을 쓰는 내내 참으로 순정한 시간을 소년과 함께 걸었습니다.

2019 여름 이순원

1

"자무야."

그 무렵 꿈결인 듯하면서도 거역할 수 없는 힘으로 소년을 불러내는 소리가 있었다. 그걸 처음 느낀 건 마당가에 꽃들이 막 피어나기 시작하던 때였다. 소년의 나이 열 살 때의 일이었다. 그 소리는 소년이 마당가에 가만히 서 있을 때도, 마루 끝에 혼자 앉아 있을 때도 "자무야." 하고 바로 옆에서 부르는 듯했다.

집 안에서만이 아니었다. 한 번 그러고 나자 집 밖에서도 누군가 자꾸 "자무야." 하고 소년을 불렀다. 학교로 오가는 길을 걸어갈 때도 그랬고, 그러던 중 시냇가에 앉아 아무 생각 없이 흐르는 물을 바라볼 때도 그랬다. 소년은 자기 몸 안의 진동 같은 느낌으로 "자무야." 하고 부르는 소리를 들을 때마다 그렇게 자신을 부르는 존재가 무엇인지 흠칫 놀라 몸을 떨곤 했다.

"자묘야."

때로는 그렇게 '자무'라고 하지 않고, '자묘'라고 정확하게 그의 이름을 부르는 소리도 있었다.

'자묘'는 소년이 아주 어릴 때 몸이 약한 그를 늘 안타깝게 여기던 할머니와 어머니가 다른 사람들 모르게 은밀히 부르던 이름이었다. 들리기엔 특별해도 별다른 뜻을 가진 이름은 아니었다. 할머니가 꽃 피는 봄날 동이 틀 무렵 막 태어난 이 집의 큰손자를 씻겨 어머니 옆에 눕히면서 처음 그렇게 불렀다.

"묘시*에 우리 자묘가 왔구나. 우리 집에 묘시생이 오셨네."

"뭐라 하셨어요?"

방금 아이를 낳고 기진할 대로 기진한 어머니가 묻자 할머니는 그 말에는 대답하지 않고 "어미 너도 내가 뭐랬는지 잘 듣지 못한 거지?" 하고 되물었다.

"뭐라고 하셨는데요?"

"자묘라고 불렀다."

"자묘요?"

"그래. 우리 자묘."

"무슨 뜻인가요?"

* **묘시** 오전 5시부터 7시까지.

"씻기면서 보니 여간 조심스럽지 않구나."

막 태어난 아이가 몸이 작고 약해 보인다는 뜻이었다.

"나중에 문서에 올릴 이름을 따로 짓더라도 집에서는 우선 자묘라고 불러라."

"무슨 뜻이 담긴 이름인가요?"

다시 어머니가 물었다.

"묘시에 온 아들이니 우리 집의 자묘지. 남들 듣지 못하게 너무 크게 부르지 말고, 대답하지 않더라도 여러 번 부르지도 마라. 자꾸 부르면 하늘에서도 아이 이름을 금방 알아채니까."

어머니는 할머니의 말뜻을 바로 알아들었다. 날 때부터 아이의 몸이 약해 누구도 잘 부르지 않는 이름을 지었다는 뜻이었다. 그래야 명부*에서 잘못 보낸 아이라고 다시 데리러 왔다가도 쉽게 찾지 못해 그냥 돌아가는 법이라고 했다. 자묘라는 말 안에는 별다른 뜻은 없어도 그냥 지어 준 이름은 아니었다. 한 사람의 생애도 그가 태어나기 전 기억 저편의 신화와 같은 부분이 있는 법이었다.

"자무야."

집에 있을 때든 밖에 있을 때든 누가 그러는지도 알 수 없게

* **명부** 사람이 죽은 후에 혼령이 가서 산다고 하는 곳.

"자무야." 하는 부름은 한결 은근하고 강렬해졌다. 어느 날은 그런 부름이 완강하기도 하고, 어느 날은 네가 나를 불렀지 내가 언제 너를 불렀냐는 식으로 희미하기도 해 소년은 자신을 부르는 게 무언지, 또 누군지 알지 못했다. 그것은 앞으로 소년이 살아 내야 할 삶의 불안처럼 얼굴에도 나타나 어머니마저 그걸 눈치채게 되었다.

"얘야. 뭘 자꾸 두리번거리니?"

"모르겠어, 엄마. 누가 자꾸 나를 부르는 것 같아."

"누가?"

"그걸 모르겠어. 하늘에서 부르는 것 같기도 하고, 멀리 산에서 부르는 것 같기도 하고, 냇물에서 부르는 것 같기도 하고……. 왜 이렇게 나를 부르는 곳이 많은지 모르겠어."

그 말에 어머니도 근심스러운 얼굴이 되어 물었다.

"사람이 부르는 소리냐?"

"아니. 뒤뜰에 지금 막 꽃이 핀 나무가 부르는 것 같기도 하고, 또 어떻게 들으면 구름이 부르는 것 같기도 하고, 또 앞 강의 냇물을 따라 걸을 때는 흐르는 물이 자무야, 자무야, 하고 자꾸 날 부르는 것 같기도 해."

"그건 할머니 말씀대로 네가 남다르고 귀해서일 게다. 여러 군데에서 서로 너를 부르면."

"그리고 어떨 때는 이다음 내가 어른이 되어서…… 아주 큰 어른이 된 다음인데…… 그 어른이 지금 나를 부르는 것 같기도 해."

"남이 아니라 네가 어른이 되어 지금의 너를 부르는 거면 괜찮다. 그건 네가 앞으로도 그만큼 오래 산다는 거니까. 그렇게 부르는 사람이 너라면……."

"또……."

"또 뭐가 있니?"

다시 어머니가 물었다.

"내가 지금 열 살인데…… 지금보다 더 작았을 때의 내가 나를 부르는 것처럼 들릴 때도 있어."

"어떻게 말이냐?"

"어떻게도 없이 그냥 불러. 내가 나를 자무야, 자무야, 하고……."

그 부름은 마치 어린 소년의 머릿속에 앞 강을 헤엄쳐 올라오는 은어 떼와 같았다. 자무야, 자무야, 하는 부름 속에 소리의 은어 떼들이 시간의 강을 거슬러 올라왔다.

"그런데, 산이 부르고 강이 부를 때는 안 그런데, 어릴 때 내가 나를 부르면 자꾸 눈물이 날 것 같아."

"자묘야."

"응……."

"다 괜찮다. 다……."

"……."

"너는 너를 지켜 주는 사람이 많아서 다 괜찮아……."

어머니는 소년을 꼭 안아 주었다.

2

실제로 소년이 은어 떼를 본 것은 다섯 살 때였다. 그보다 어려 네 살이었을지도 모르고, 또 그보다 많다 해도 다섯 살 반을 넘지 않았을 것이다.

그때까지 소년은 어머니의 등에 업히거나 아버지의 자전거 뒤에 앉아서 말고는 혼자 마을을 벗어나 본 적이 없었다. 이것도 정확한 기억은 아니다. 그냥 소년이 막연히 생각할 뿐으로 어머니는 아이를 업고 읍내에 다녔을 것이고, 아버지 역시 자전거 뒤에 아들을 태우고 윗마을과 아랫마을을 다녔을 것이다.

어머니는 가끔 말했다.

"너를 업은 채로 머리에 바구니를 이고 장에 갈 때도 있었지. 어떤 날은 늦게 장에 갔다가 달도 없는 밤에 너를 의지해 여우목지 산길을 넘을 때도 있었구나."

어머니는 또 말했다.

“유달리 약해서 더 끼고 살았던 게야. 할머니도 그렇고 나도 그렇고.”

애석하게도 소년은 어머니의 등에 업혀서 바라본 세상과 아버지의 자전거 뒤에 앉아서 바라본 풍경을 뚜렷하게 기억하지 못한다. 그 산길에 솔잎 사이로, 또 여우목지 밤길을 지나며 어머니의 등과 자신의 얼굴 사이로 스며들었을 달빛도 기억하지 못한다. 달리는 자전거 뒷자리에 앉아 아버지의 등과 자신의 얼굴 사이로 스쳐 지나간 강바람도 남은 것 없이 다 흘러가 버렸다. 그것들은 다 어디로 물처럼 녹아 스며들었을까.

가만히 생각하면 그때쯤 혼자 마당을 나와 할아버지가 허리를 굽히고 일하는 건넌골 논으로도 따라가고 밤나무골에도 따라갔을 것이다. 멀리 바다가 보이는 새터재 밭에도 주전자를 들고 올라가 보았을 것이다. 거기엔 보리보다 껑충하게 키가 큰 청밀*이 심어져 있었고, 청밀밭가에는 검붉은 오디가 주렁주렁 매달린 뽕나무가 줄지어 서 있었다. 그러나 소년에겐 그보다 더 멀고 아득한 것이 앞 강의 기억이었다.

여름에서 가을로 넘어가는 어느 날이었다. 아이의 손에 땀 묻

* **청밀** ‘호밀’의 방언.

은 동전 한 닢이 반짝 쥐어져 있었다. 아랫마을 가게에서 오리과자를 판다고 했다. 이제 막 털갈이를 끝낸 오리 새끼만 한 과자였다. 먹고 싶지는 않았다. 아이는 단지 그걸 가지고 싶었다. 딱 한 번만이라도 살아 있는 오리의 머리와 깃털을 쓰다듬듯 과자로 만든 오리를 손에 쥐고 싶었다. 그걸 온전히 자기 몫으로 갖기 위해서는 돈을 주고 사야 한다는 걸 누구도 가르쳐 주지 않았지만, 아이는 동네 아이들 가운데 누군가 먼저 사 온 오리과자를 보는 순간 저절로 알게 되었다.

"다음 장에 사 주마."

어머니가 말했다.

"싫어. 지금 살 거야."

아이는 마당에 구르듯 떼를 썼다.

"줘라. 언제까지 집 안에 가둬 둘 목숨도 아닌데 바깥도 보고 살아야지."

자꾸 떼를 쓰니까 할머니가 말했다.

어머니가 품에서 백동전 한 닢을 아이의 손바닥에 얹어 주었다.

"잃어버리지 말고 이렇게 단단히 가져가."

펴진 손을 접어 주며 어머니가 말했다. 그래서 더 꼭 쥐었을 것이다. 가는 길을 알 것 같기도 하고 모를 것 같기도 하지만 그건 상관없는 일이었다. 아이는 태어나서 처음으로 무엇을 얻기 위해 다른 마을로 나섰다.

오리과자에 대한 열망은 떼를 쓰는 동안 마당가의 키 큰 감나무처럼 맹렬히 자라났다. 가는 길의 두려움 역시 감나무 잎사귀가 드리운 그림자만큼이나 검고 단단한 모습으로 아이의 가슴속에 몸을 불렸다. 오직 하나뿐인 열망으로 자기 몫의 오리과자를 가지러 가는 기쁨과, 학교 다니는 동네 형들이 아랫마을까지 가는 그 길 어딘가에 비가 오는 날이면 낮에도 귀신이 나온다고 말했던 곳집* 옆을 혼자 지나가야 하는 두려움의 세계가 반반 아이를 지배했다.

아이는 큰길로 나가 앞 강을 따라 아랫마을로 걸어 내려갔다. 그 길은 마치 이제까지 아이가 알던 세상에서 보다 큰 세상으로 나가는 통로 같았다. 걸어가는 중간중간 그 길을 오가는 낯선 어른들을 만났다. 학교에 갔다가 돌아오는 자기보다 키도 몸도 훨씬 큰 아이들도 만났다. 누가 걸음을 멈추게 하고 손에 든 게 뭐냐고 물어볼까 봐, 혹시라도 손을 펴 보라고 할까 봐, 사람들을 만날 때마다 아이는 손을 더 꽉 쥐었다. 손을 너무 꽉 쥐어 손톱이 손바닥을 남의 살처럼 아프게 찔렀다. 손바닥도 손톱을 남의 손가락인 것처럼 하얗게 압박했다. 그러나 한 번도 중간에 손을 펴지

* **곳집** 상여와 거기에 딸린 여러 기구와 부품을 보관하기 위하여 지은 집. 보통은 마을 외진 곳에 짓는데 그 앞을 지날 때마다 으스스한 느낌이 든다.

않았다.

마침내 아랫마을 다리를 건너 바로 저 집이 가게이지 싶은 곳에 들어가 손바닥을 폈을 때, 손안에 동전이 보이지 않았다. 당연히 있어야 할 게 보이지 않아 아이는 '이게 어디 갔지?' 하는 생각조차 하지 못했다. 그냥 머릿속도 하얗게 비고 손도 하얗게 비어 있었다. 자기가 손을 잘못 펴서 그런가 싶어 아이는 가겟집 아주머니 앞에서 혼자 마술을 하듯 여러 차례 손바닥을 접었다 폈다 했다. 처음엔 빨리, 그리고 나중엔 손을 꼭 접은 후 마음속으로 주문을 외듯 천천히 폈다. 동전은 나오지 않았다. 빈손의 놀라움만 자꾸 마주했다.

아이는 그것을 길가에 흘렸을지 모른다는 생각을 한참 후에야 했다. 그때부터 세상이 온통 당혹스러워지기 시작했다. 잃어버릴까 봐 조심은 했어도 정말 잃어버리리라고는 생각하지 않았다. 울음부터 터뜨릴 법한데 아이는 그러지 않았다. 울음을 참은 건 어린 마음에도 씨앗처럼 갖추어져 있던 자존심 때문이 아니었다. 그것 하나 제대로 가져오지 못하고 빈손을 펼쳐 보인 것에 대한 부끄러움이 금방이라도 터져 나올 것 같은 울음을 막았다.

"무얼 사러 왔는데 이러니?"

"오리요."

"저런……. 앞 강의 오리가 물고 간 모양이네."

아이는 자신의 빈손과 그 손을 함께 바라보는 아주머니의 얼굴을 마지막으로 쳐다보고는 조용히 가게를 나왔다. 돈을 잃어버린 것도 그랬지만, 가겟집 아주머니 앞에서 당연히 있는 줄 알고 빈손을 펼쳐 보인 것 역시 부끄러운 일이었다. 어쩌면 그것은 아이가 세상에 태어나 처음으로 다른 사람 앞에서 느낀 부끄러움인지 모른다.

아이는 다시 가게 앞 다리를 건너와 자신이 걸어온 강둑을 거슬러 올라갔다 내려왔다 반복했다. 처음 걸어올 때는 다른 세상으로 나가는 길처럼 한량없어 보이던 길이 다시 걸을 땐 그다지 멀지도, 하염없지도 않았다. 아무리 살펴도 흘린 돈은 어디에도 없었다.

아까 어른들을 만난 곳에서 자기도 모르게 손을 펼친 것은 아닌지, 앞 강으로 나가는 집 앞 개울의 징검다리를 건널 때 그랬던 것은 아닌지, 낯선 형들과 누나들을 만났을 때 한 번 더 손을 꼭 쥐느라 그랬던 것은 아닌지, 곳집 앞에서 저도 모르게 몸을 부르르 떨면서 손을 폈던 것은 아닌지, 여러 자리를 어림해 살폈지만 흘린 돈은 눈에 띄지 않았다. 머릿속은 점점 더 하얗게 비어 갔다.

'내 손안에 있던 너는 지금 어디에 있니?'

길 위에 무엇이 반짝 빛나서 다가가면 작은 유리 조각과 사금파리가 서쪽으로 기우는 햇빛에 날을 세우고 누워 있었다. 끝내 울음을 터뜨린 것은 앞 강 방죽에서 노을을 만났을 때였다.

'해가 지고 어두워지면 길을 더 살필 수도 없는데……'

가게 앞까지 두 번을 왔다가 다시 강을 따라 올라가는 길에 해가 지고 저 멀리 산 너머로 붉은 노을이 밀려들기 시작했다.

그것은 이제까지 마당 안으로 보다 낮은 곳의 빈자리를 찾아 스며들 듯 찾아오던 노을과는 또 다른 모습이었다. 어떤 두려움 같은 것을 느끼고 있어도 아직 아이는 두려움이라는 말도, 장엄함이란 말도 알지 못했다. 길옆의 강이 수줍고도 순한 모습으로 자신의 속살을 노을에게 드러내 보이고 있었다.

강은 땅에만 있는 것이 아니었다. 하늘엔 더 크고 더 넓은 강이 있었다. 해가 넘어간 곳 저 멀리 하늘은 붉은 기운의 강을 두운령 너머에서 이쪽 세상으로 끝없이 흘려보내고 있었다. 아이는 자신의 눈앞에 펼쳐지는 한 세계의 무서움과 장엄함에 눌려 그 자리에 멈춰 서서 하늘의 강과 그 강이 스며드는 땅 위의 강을 함께 바라보았다. 그러자 방죽 옆의 강에서 무언가 하나둘씩 물 위로 뛰어오르는 것이 보였다.

'아, 은어다!'

그것은 틀림없는 은어였다. 누가 가르쳐 주지 않아도 아이는 그것이 은어라는 것을 알았다. 아버지는 대나무 끝에 실을 맨 긴 낚싯대를 자전거에 싣고 은어를 잡으러 갔다. 아이가 자전거 뒤에 타고 함께 간 날도 있었다. 노을은 저 멀리 큰 산 너머로 더욱 거역할 수 없는 힘으로 밀려들고, 잠시 전만 해도 한두 마리씩 뛰어 오르던 은어가 더 어둡기 전 노을 속에 자신의 벗은 몸을 보여 주듯 한 번에 수십 마리, 수백 마리가 동시에 강의 비늘처럼, 바라보는 아이의 두근거리는 가슴처럼 뛰어올랐다.

'아부지이…….'

노을 속의 강을 바라보며 아이는 어머니가 아니라 아버지를 불렀다. 저 노을과 은어의 강 앞에서는 왠지 꼭 그래야만 할 것 같았다. 아이는 노을 속에 이제까지 참았던 울음을 터뜨렸다.

'아부지이……. 은어가 왔어요.'

아이가 운 것은 손안의 동전을 잃어버린 안타까움 때문이 아니었다. 하늘과 땅의 장엄함 속에 강은 점점 붉어지다 검은색을 띠어 가고, 지는 노을 속에 한 번에 수백 마리의 은어가 뛰어오르는 저 황홀하고도 슬픈 광경을 아이는 혼자서는 도저히 감당할 수 없었다. 울며 불러도 아버지는 집에 없었다.

언제인지 모르게 아버지는 집을 나가 있었다. 할머니는 아버지가 집을 나간 것에 대해 그것은 누구도 쉽게 다스릴 수 없는 역마* 라고 했다. 할아버지도 어떻게 하지 못한다고 했다. 아버지의 낚싯대 역시 마루 아래에 주인의 손길을 기다리며 길게 누워 있었다.

* **역마** 한곳에 있지 못하고 늘 이리저리 떠돌아다녀야 하는 액운.

아이는 노을이 다 스러지고 어둠이 밀려들 때까지 오래 강둑에서 있었다. 우주라는 말은 몰라도 우주 한가운데 홀로 길을 잃고 버려진 것 같은 느낌이었다.

집에는 어떻게 돌아왔는지 기억하지 못한다. 끝내 오리과자도 사 오지 못했다. 다만 그날 마당에서 혼자 걸음으로 세상 밖으로 나갔다가 돌아오는 길이 붉은 노을 속에 있었고, 거기에 너무도 황홀하여 목이 메도록 슬픈 은어의 강이 있었다.

3

그때의 아이가 더 자라 은어가 올라오는 앞 강의 방죽을 따라 학교에 다니기 시작했다. 강은 처음 생각했던 것처럼 그리 넓지 않았다. 그곳에서 혼자 강의 속살을 보고 노을의 슬픔을 보았던 것이 다른 강둑에서 겪은 일처럼 느껴질 때도 있었다. 학교는 오리과자를 파는 가게에서 멀지 않은 곳에 있었다. 방죽을 끝까지 걸어가면 바다가 나온다고 했다. 그렇지만 소년은 열한 살이 되었는데도 아직 바다에 가 보지 못했다.

"자무야."

"자무야."

동네에서는 다들 그렇게 불렀다. 할머니도 소년의 이름을 틀리게 부르는 걸 뭐라고 하지 않았다. 할머니가 단속하는 것은 틀린 이름이라도 크게 부를 때와 연달아 부를 때였다. 누군가 두 번만 자무야, 하고 부르면 아서라, 하고 손사래를 쳤다.

학교에 들어가서야 소년은 자기에게 '자묘' 말고 또 하나의 이름이 있다는 것을 알았다. 그것은 학교 출석부에 적혀 있는 것으로 선생님과 아이들이 부르는 이름이었다. 선생님이 그 이름을 부르면 소년은 예, 하고 대답을 하면서도 마치 남의 이름에 대답하듯 낯설어했다. 불릴 때마다 자기 이름이란 생각이 들지 않고 여벌로 가지고 있는 남의 이름처럼 들렸다. 집에서는 자묘, 동네에서는 자무였고, 학교에서는 은우였다. 교실에서도 운동장에서도 '자무'라고 부르는 사람이 없었다. 그러나 아무도 몰래 은밀히 다가와 "자무 오빠야." 하고 부르는 아이가 있었다. 한 학년 아래 명어머니의 딸 영숙이었다.

"자무 오빠야, 이따가 우리 집에 자러 올 거지?"

점심시간 운동장가에서 영숙이가 물었다.

소년은 대답하지 않았다.

"이따가 내가 오빠 데리러 갈게."

춥고 해까지 짧은 동짓날, 학교에서 돌아와 금방 저녁때가 되자 명어머니가 영숙이와 함께 소년을 데리러 왔다.

"날이 춥다. 단단히 입혀 보내라."

할머니가 어머니에게 말했다. 소년은 제 방에서 내일 시간표를 보고 가방을 쌌다. 내일은 삼박골 영숙이 집에서 바로 학교로 가야 한다. 어머니가 챙겨 보내는 빈 도시락에 명어머니가 그 집에서는 잘 먹지 않는 하얀 쌀밥을 지어 싸 줄 것이다.

"다녀오겠습니다."

사랑에 나가 인사를 하자 할아버지가 잘 다녀오라고 고의춤에서 동전 두 닢을 내주었다. 삼박골로 가는 길엔 가게가 없었다. 그래도 소년은 조금은 위로받는 기분이었다. 동짓날 저녁, 그곳으로 가는 길에 가게는 없어도 제집을 두고 다른 집으로 잠을 자러 가는 손주가 안쓰러워 그걸 위로하듯 주는 돈이었다.

길에 나서자 바람까지 불었다. 달은 아직 눈썹만큼도 자라지 않았다. 이번 동지는 애동지*라 아침에도 팥죽 대신 시루팥떡을 쪘다. 음력으로 날짜를 세어 초사흘에 든 동지면 애동지여도 너무 어린 동지였다. 할머니는 예전부터 애동지가 든 해에는 아이들이 많이 상하고 상동지가 든 해에는 노인들이 많이 상한다고 했다. 그런 말을 들으면 소년은 그것이 그냥 예부터 내려오는 얘기가 아니라 바로 자신의 얘기인 것 같아 기분이 이상해졌다.

명어머니는 저녁이어도 한밤 같은 길을 할머니가 내준 쌀 서 말을 머리에 이고 앞서 걸어갔다. 가운데에 가방을 든 소년이 서고, 영숙이가 보자기에 싼 시루팥떡 뭉치를 들고 소년의 신발 뒤꿈치

* **애동지** 음력 11월 10일 이전에 드는 동지. 10일부터 20일 전에 드는 동지는 중동지라고 하고, 20일 이후에 드는 동지는 상동지, 혹은 노동지라고 부른다.

를 밟듯 바짝 뒤따라 걸었다. 그렇게 가야 한다고 걷는 순서도 명어머니가 정해 주었다.

"자무가 가운데 서라."

큰길에서 벗어나 삼박골로 가는 외길 앞에서였다. 거기까지는 소년과 영숙이가 나란히 걸었다.

"엄마."

영숙이가 명어머니를 불렀다.

"왜?"

"나는 뒤에 서면 누가 막 따라와서 내 목을 잡는 거 같아."

"그래도 오늘은 니가 오라비 뒤에 서."

소년은 "내가 뒤에 설게요." 하고 말하지 않았다. 달도 손톱 끝만큼밖에 자라지 않은 밤중에 이런 산길을 제일 앞에 서서 걷는 것도 무섭지만 뒤에 서는 것도 무섭다. 이런 길을 걸을 때조차도 자신에겐 이미 운명처럼 정해진 순서가 있다는 것을 소년은 알고 있었다.

"나 무서운데……."

"무섭긴 뭐가 무섭다고 그래. 동짓날이니 오라비가 가운데 서는 거지."

다시 명어머니가 영숙이를 윽박지르듯 말했다. 집에서 삼박골까지는 들길과 고갯길을 한 시간쯤 걸어야 했다.

영숙이 어머니가 소년의 명어머니로 정해진 것은 소년이 돌이 막 지났을 때였다. 아직 말도 하지 못하는 아이가 보름 가까이 앓으며 숨을 놓을 뻔한 일이 있었다. 가뜩이나 약한 아이가 이래서는 안 되겠다며 할머니가 아이의 목숨을 붙잡아 지켜 줄 또 한 사람의 명어미를 지목해 준 것이다.

한 어미가 지키는 목숨보다 두 어미가 지키는 목숨이 더 든든할 테고, 이왕 그렇게 명어미를 붙여 줄 양이면 저쪽 세상에서 누가 찾아오더라도 쉽게 아들을 내주지 않을 사람으로 삼박골 영서댁을 골랐다. 그 집에는 죽지 않고 살았으면 소년보다 세 살 많은 아들이 있었다. 그 아들은 두 살 때 어른들이 모두 논밭에 나간 사이 엉금엉금 마당을 기어 나가 아랫집 마웃통*에 빠져 죽었다. 그런 집의 명아들로 정해 놓아야 명부의 손들도 자기들이 먼저 저지른 일에 대한 염치가 있어 똑같은 패를 들이대지 못할 거라고 했다. 한 번 아들을 잃은 어미라 나머지 아들은 더 악착같이 지켜 낼 거라고 했다.

어린아이는 말을 배우면서 어른들이 가르쳐 주는 대로 삼박골 영서댁을 집에 있는 어머니와 똑같이 어머니라고 불렀다. 그러나 그건 소년과 명어머니만의 일이어서 그 집 아저씨는 길에서 봐도

* **마웃통** 소나 말의 오줌을 논밭에 쓸 비료로 보관해 두는 큰 통. 강원 지역 사투리.

그냥 동네 아저씨 대하듯 했다. 그쪽 집 아이들과는 친동기간만큼은 아니더라도 같은 어머니의 자식처럼 가깝게 지내라고 했다. 영숙이, 영해 오누이가 있는 집이었고, 소년이 그 집에 가면 제일 큰아들이자 오라비가 되었다.

복잡한 듯해도 어려서부터 해 왔던 일이라 소년에게는 그런 호칭과 질서가 조금도 이상하지 않았다. 다만 한 해 한 해 자라면서 남들에게 없는 또 한 명의 어머니가 있다는 것이 자신의 존재에 대해서나 일상의 관계에서 부끄러움과 어색함을 느끼게 할 때가 많았다.

집안에서 큰일을 할 때나 한 마당에서 두 어머니를 같은 호칭으로 불러야 할 때가 그렇다. 그런저런 관계를 모르는 아이들과 함께 있다가 명어머니를 마주칠 때도 그랬다.

"우리 자무, 학교 갔다 오나?"

"예……."

"요새는 밥 잘 먹고 그러나?"

"예……."

"그래. 얼른 가거라. 어미가 또 보러 갈 테니."

그러고 나면 누군데 널 보고 우리 자무라고 하고, 왜 어미가 또 보러 간다고 하느냐고 묻는 아이들도 있었다. 설명하자면 길고 또 부끄러운 부분이 있었다. 명어머니 집이 볼품없고 가난해서만이 아니었다. 명어머니도 순하고 아저씨도 사람이 어리숙해 동네에서 늘 업신여김을 받았다. 언젠가 소년이 할머니에게 왜 그런 집의 아들을 하게 했느냐고 묻자, 할머니는 위태로운 것일수록 험하고 낮은 개똥밭에 던져두어야 저승의 눈과 귀 들에게 덜 띄고 덜 고깝게 보이는 법이라고 했다. 소년은 태어날 때부터 가려야 할 게 많게 태어났다.

저승의 눈과 귀 들은 해마다 길고 긴 동짓날 밤에 그해 동지부터 다음 해 동지까지 데려갈 목숨들을 미리 조사하러 다닌다고 했다. 소년은 그걸 피해 살고 있는 집에서 자지 않고 삼박골 명어머니 집에 가서 자고 오는 것이었다. 동짓날 말고도 목숨이 온 생일 저녁에 한 번 더 명어머니 집에 가서 자고 왔다. 언제나 더 조심해야 할 날이 동짓날이었다. 게다가 이번 동지는 어른보다 아이들이 더 많이 상한다는 애동지였다.

동짓날 어두운 밤길을 걷다 보면 하룻저녁에 머릿속의 걸음은 그보다 몇 배는 더 멀리 은하수에까지 닿았다. 어려도 어렴풋이 기억나는 대로 자신이 살아온 시간을 걷고, 앞으로 살아가야 할 시간과 천지간*의 숨 길을 걷는 것이라는 걸 소년은 이미 알고 있었다.

* **천지간** 하늘과 땅 사이. 사람이 살고 있는 이 세상을 말한다.

숨소리까지 들리도록 바짝 붙은 영숙이가 자꾸 발뒤꿈치를 밟았다. 그때마다 신발이 벗겨질 듯하다가 제자리를 찾았다. 지금 영숙이가 많이 무서워서 바짝 뒤따라 걷는 걸 소년은 알고 있었다.

영숙이의 그런 모습에 소년은 혼잣말을 한다.

'영숙아. 너는 그냥 어두운 밤이 무섭지만 나는 이렇게 어두운 밤도 무섭고, 어두운데도 우리 할머니 말대로 하늘에서 누가 나를 내려다보는 것 같아 그게 더 무섭단다. 너는 지금 네가 사는 집으로 가지만 나는 삼박골 너희 집에 갈 때마다 내가 사는 세상에서 다른 세상으로 가는 것 같아. 너희 집이 다른 세상이라는 게 아니라 이렇게 하늘에 몸을 감추러 가는 밤길이 내게는 다른 세상으로 가는 길 같아.'

소년은 또 혼잣소리로 영숙이에게 말한다.

'나는 자다가도 그래. 한밤중에 오줌이라도 마려워 눈을 뜨면 시커먼 천장에서 뭐가 나를 내려다보고 있는 것 같아. 어떤 때는 그게 나를 데리러 온 저승의 무엇이 아닌지 놀랄 때도 많아. 영숙아, 너는 자다가 가위에 눌려 본 적 있니? 그때마다 나는 저승에서도 제일 무서운 누가 와서 내 가슴에 올라타서 앉아 있는 것 같아.'

뒤에 따라오는 영숙이는 들을 수 없어도 소년은 또 말한다.

'영숙아. 나는 이제 열한 살밖에 되지 않은 내가, 열한 살이 뭐야, 열 살도 되기 전부터 저승의 손님이니 하늘의 눈이니 하늘의 귀니 하늘의 손이니 하는 말을 어른들처럼 아무렇지도 않게 알고 있는 것도 참 싫고 무서워. 아침에 학교로 갈 때도 자꾸 내가 모르는 누구와 함께 걸어가는 것 같아서 힐끔힐끔 옆을 보고, 또 고개를 돌려 뒤를 보게 돼.

어떤 때는 내가 이렇게 학교로 가는 걸 하늘에서 누가 내려다보는 건 아닐까 하고 일부러 고개를 들어 하늘도 한 번 더 쳐다보게 되고. 아무도 없으면 누가 숨어서 나를 보고, 숨어서 나와 함께 길을 걷는 게 아닐까 하는 생각이 들 때도 있어. 그래서 그게 무서워 늘 이렇게 어디서든 혼잣말을 하며 걷는단다. 너는 그걸 모르지? 아마 이 세상 사람들 다 내가 이러는 걸 모를 거야. 우리 할머니도 어머니도……'

삼박골과 안골 사이의 바람불이재를 넘을 때 그 고갯길의 이름처럼 바람이 휘잉 하고 아름드리 소나무를 흔들었다. 저만치 떨어져 있는 두 나무의 끝이 공중에서 서로 맞닿을 만큼 센 바람이었다. 소년은 아직 순정하고 순결하다는 말의 뜻을 완전하게는 몰라도 이 밤의 추위는 참 순정하고 순결하다는 생각을 했다. 칼을 대듯 선득 소년의 목을 휘감고 가는 바람도 그랬다.

바람만이 아니었다. 소년은 어쩌면 무서운 것에도 이렇게 순정한 것이 있는지 모르겠다고 생각했다. 자다가 누가 자기 몸에 올라타듯 가위에 눌리는 건 깨어나도 말할 수 없을 만큼 기분이 흉측하지만, 이렇게 한 발 한 발 언덕길을 걸어 다른 세상으로 가는 느낌으로 어두운 밤길에서 맞이하는 무서움은 뺨에 와 닿는 추위만큼이나 순정한 듯했다.

"우리 자무 잘 따라오나?"

소년의 생각을 읽듯 명어머니가 물었다. 쌀 서 말을 머리에 이면 고개를 돌려 뒤를 돌아보기가 쉽지 않다. 대답을 않자 다시 명어머니가 앞을 보고 물었다.

"잘 걸어오나?"

"예……."

"걱정 마라. 겁먹지도 말고. 앞으로도 이 어미가 다 지킬 거니."

"예……."

그 말을 받아 뒤에 선 영숙이가 말했다.

"자무 오빠야."

"……."

"오빠 앞에 그런 거 있으면 내가 앞에서 다 막아서 내 거 할 거다."

영숙이의 그 말에 명어머니가 앞에서 나무라듯 말했다.

"니는, 어린 게 그런 말 하는 거 아니다."

"아니야, 엄마. 나는 엄마가 그러지 말래도 오빠한테 그럴 거다."

다시 영숙이가 말했다.

"나는 괜찮다. 그러지 마라."

소년도 영숙이에게 말했다.

"아니다, 오빠야. 오빠는 조금도 걱정하지 말아라."

소년은 뒤축이 밟힌 신을 고쳐 신고 주머니에 넣었던 손을 빼어 뒤로 내밀었다. 영숙이의 손이 다가와 소년의 손을 잡았다.

"영숙아."

"응, 오빠."

"너, 춥니?"

"추워도 오빠하고 같이 우리 집 가니 좋다."

"……."

"영해도 지금 집에서 오빠가 오길 무척 기다리고 있을 거다."

"……."

"자무야."

명어머니가 앞을 보고 불렀다.

"예……."

"니는 어떤지 몰라도 영숙이하고 영해는 동짓날이 되어 니가 집에 오는 걸 설이 돌아오는 것보다 더 좋아한다. 우리 오라비 오고 형아 온다고."

"나는 엄마가 그런 거 안 해 줘서 내 생일은 언젠지 잘 몰라도 오빠 생일이 봄인 건 안다."

영숙이가 손을 고쳐 잡아 오며 말했다. 소년도 영숙이의 손을 조금 전보다 힘을 주어 잡았다. 두 손 사이로 따뜻하고도 은밀한 마음이 물처럼 건너 흘렀다.

영숙이 집에 가면 먹는 것도, 눕는 것도, 그날 덮고 자는 이불까지도 명어머니가 그 집에서 가장 좋은 걸 손질해 마련해 주었다. 남들 보기엔 일 년에 쌀 한 가마니가 별달리 애쓰는 것도 없이 이쪽 집에서 저쪽 집으로 그냥 가는 것 같지만, 가서 보면 어린 마음에도 그런 지극정성이 없었다. 그런데도 이제까지 거기에 가면 소년은 몸도 마음도 불편했다.

소년은 걸으며 생각했다.

아무리 편하게 있으라고 해도 귀신을 피해 온 몸이 편할 수만은 없어 어쩔 수 없이 낯선 집에서 낯선 얼굴로 연신 두리번거리게 된다. 자기 옷을 물려 입은 영해가 형아가 온 게 좋아서 치근대는 걸 알면서도 몸을 피하고 밀어내게 된다. 절 주려고 일부러 고아 만든 수수엿도 마다하고, 방에 벽지 대신 바른 신문지 속에는 뭐가 있는지 보려고 찢어 누런 흙벽이 드러나게 만든다.

먼 길을 걸어와 스르르 눈이 감겨 이불 속에 누울 때도 형아가 좋다고 옆에 바짝 붙는 영해에게 저만치 떨어져 자라고 밀어낸다. 그러다 아침이 되면 영숙이와 영해는 마당에 나가 세수를 하는데 자신은 명어머니가 방 안에까지 들여다 주는 세숫물로 세수를 하고, 새 수건으로 얼굴을 닦는다. 지난해에도 그랬다. 가뜩이나 적게 먹는 밥을 집에서 먹는 것 반도 먹지 않아 다른 사람들까지 제대로 아침을 못 먹게 만들었다. 전날 싸 갔던 가방에 도시락만 받아 넣고는 얼른 마당을 나선다. 그러고는 동네 아이들 눈에 띌까 봐 영숙이야 따라오든 말든 단숨에 바람불이재까지 쌩하고 달려 나오곤 했다.

동짓날만이 아니었다. 지난 봄 생일 때도 그랬다. 그런데도 영숙이는 자기 생일은 모르고 오빠 생일은 안다고 했다. 오빠 앞에 그런 게 있으면 대신 막아서 자기 것 한다고 그랬다. 소년은 다시 영숙이의 손을 고쳐 잡는다. 소년의 손안에서 영숙이의 손이 무슨 말을 하듯 움직인다.

'나는 오빠가 참 좋다.'

바람 속에 속삭이듯 들리는 그 소리를 소년은 손으로 듣고 마음으로 듣는다.

걸으며 생각하면 누워서 생각할 때와 앉아서 생각할 때보다 더 많은 것들이 생각난다. 오늘도 명어머니 집에 가면 소년은 봉당에서 머뭇머뭇하다가 방에 들어갈 것이고, 그러면 소년이 벗어 놓은 신발을 저승의 눈이 보지 못하게 "우리 자무 오빠 신을 감춰야지." 하고 영숙이가 얼른 방 안에 들여놓을 것이다.

소년은 조금 더 힘을 주어 영숙이의 손을 잡는다. 오늘은 가서 전처럼 그러지 말아야겠다고 소년은 생각했다. 할아버지에게 받은 동전 두 닢을 그냥 내가 가져도 좋지만 영숙이와 영해에게 하나씩 주어야겠다고 생각했다.

그런 생각을 하며 소년은 다시 한 번 하늘을 쳐다보았다. 저승에 눈 있고 귀 있는 것들이 모두 땅으로 내려와 조사를 벌이는 동지 밤, 하늘엔 무슨 일이 있는 것일까. 밤길 걷는 사람들의 걸음이 빨라서인지 달님도 별님도 빠르게 어디로 가고 있는 것 같다. 소년의 눈엔 달님의 걸음이 특히나 빠르게 느껴졌다. 길은 한밤처럼 어두워도 시간은 아직 저녁인데 손톱 끝만큼 자란 달님은 벌써 서산마루에 다 다가간 듯 보였다.

앞뒤로 영숙이와 손을 내밀어 잡고 하늘을 보고 땅을 보고 걸어가다가 소년은 길이 움푹 파인 솔뿌리 아래에 발을 헛디뎠다. 바람불이재를 거의 다 내려와서였다. 손을 잡고 있던 영숙이도 엄마야, 하고 같이 넘어졌다. 소년은 나동그라지듯 엉덩이를 바닥에 대고 뒤로 넘어지고, 그 위에 영숙이가 몸을 포개듯 앞으로 넘어졌다. 넘어진 다음에도 둘 다 한 손에 가방을 들고 팥떡 뭉치를 들고 있어서 얼른 몸을 일으키지 못했다.

짧고도 돌발적인 상황 속에서 소년은 자신의 몸 위에 엎드린 영숙이의 몸을 느꼈다. 영숙이의 얼굴이 주먹 하나 사이도 안 되게, 마치 자기 얼굴 위에 바로 떠 있는 것처럼 다가와 있었다. 쌔근거리는 숨소리 역시 소년의 얼굴에 그대로 느껴졌다. 그것은 소년의 가슴 위에서 느껴지는 영숙이의 몸무게만이 아니었다. 소년은 무언가 아득한 느낌으로 제 몸 위에 엎드린 영숙이의 몸에서 이제까지 맡아 보지 못한 낯선 꽃 냄새를 맡았다. 전에는 이런 것이 있다는 것도 몰랐고 누가 가르쳐 준 적도 없는, 마음보다 몸이 먼저 느끼는 여자의 날숨 냄새였다. 소년은 저도 모를 마음을 들킨 것 같아 어둠 속에서도 저절로 얼굴이 붉어졌다.

"이런, 넘어졌나?"

명어머니가 저만치 떨어진 곳에서 물었다. 소년은 한순간 아득했던 정신을 수습하고 제 손에 들려 있는 가방을 놓고 영숙이 손에 들려 있는 팥떡 뭉치를 대신 받아 주었다. 그제야 영숙이가 한 손으로 소년의 가슴을 짚고 몸을 일으켰다. 그때도 소년은 온몸이 뻐근해져 왔다. 소년도 뒤늦게 땅을 짚고 일어나 옷을 털고 가방을 들었다.

"자무 오빠야, 괜찮아?"

"……."

괜찮지 않았다. 소년은 어쩌면 잠시 전에 했던 다짐과는 다르게 삼박골 명어머니 집에 가면 다시 자기도 모르게 이런저런 일들에 허둥대고, 여전히 혼란스러운 생각 속에 무엇 하나라도 더 잘해 주고 싶어 하는 영숙이의 눈길을 일부러 피하고, 영해의 장난을 의식적으로 외면할지 모르겠다고 생각했다.

그리고 오늘 밤길에 한순간처럼 짧아도 영숙이의 몸에 반응했던 자기 몸의 반응을 영원히 잊을 수 없을 것 같다고 생각했다. 영숙이가 손을 내밀어 와도 소년은 그 손을 다시 잡지 못했다. 영숙이가 다시 한 번 더 허우적거리듯 손을 내밀어 그의 손을 찾았다. 그제야 소년도 영숙이의 손을 잡았다. 하늘을 쳐다보았을 때, 아까는 빠른 걸음으로 달려가던 달님이 곱게 그린 하늘의 눈썹처럼 그 자리에 그대로 걸려 있었다.

'너는 봤니?'

소년은 달님에게 물었다.

'우리 넘어지고 손잡고 한 거 봤니?'

사람에게라면 부끄러워도 달님에게라면 부끄럽지 않을 것 같았다. 그리고 이 밤길에 자신이 한순간 자기도 모르게 조금 자랐다는 생각이 들어 왠지 오늘은 애동지 밤에 삼박골까지 찾아오는 귀신이 있다고 하여도 그다지 무섭지 않을 것 같았다. 길도 바람도 추위도 순정한 밤이었다.

동네 어귀에서 개 짖는 소리가 따뜻하게 들려왔다.

"우리 집 워리다."

동네 개 몇 마리가 비슷한 소리로 함께 짖는데도 영숙이가 말했다. 소년은 사람이든 개든 서로 가까워진다는 것은 저렇게 무리

중에서도 서로 알아보는 것이 아닐까 생각했다. 왠지 이 밤 명어머니 집에서 잠들면 저 개들도 자신을 지켜 줄 것 같았다.

'우리는 다 왔다.'

소년은 다시 달님에게 말하고, 물었다.

'나는 오늘 밤 하늘의 눈들을 피해 여기에서 잔다. 달님아, 긴긴 밤 서산을 넘어가면 너는 어디서 자니?'

그림자도 없는 초승달 아래 소년은 어두운 밤길과 하늘의 별 길과 천지간에 목숨이 오고 가는 숨 길을 같이 걸었다. 그런 것이 함께 있어 더욱 순정하고도 순정한 밤이었다. 앞뒤로 손을 내밀어 마주 잡은 영숙이의 손이 다시 따뜻함을 전해 오는 고운 밤이었다.

4

다음 해 봄이 되었다.

늘 아이처럼 여겨지던 소년이 열두 살이 되었다.

마당 안팎으로 자두 꽃이 활짝 피었다. 봄이면 할머니가 유독 좋아하는 꽃이었다. 그러나 이제 저 꽃은 할머니 없이 혼자 피었다. 피어도 보아 줄 할머니가 없다. 아버지가 오래 집을 비운 지난해 봄날 저녁, 마당가에 울타리처럼 피어난 자두 꽃을 바라보며 할머니가 말했다.

"세모시도 저리 곱지는 않을 게다."

"세모시가 뭐예요?"

"아주 가는 올로 곱게 짠 모시가 세모시지."

"할아버지 할머니가 여름에 입으시는 흰옷 말인가요?"

"그래."

그런 세모시 옷을 입고 할아버지와 할머니는 나들이를 했다.

"저렇게 희고 고우니 달 있는 밤엔 저 꽃으로 시름을 잊고, 달 없는 밤엔 저 꽃으로 숨통이 트인다고 하지."

자두는 익으면 새빨갛고 붉은데 꽃은 구름처럼 희다. 파꽃은 땅에 내려온 구름처럼 피고, 자두 꽃은 나무에 널린 구름처럼 꽃을 피운다. 자두 꽃이 피면 조용하던 마당가에 벌들이 윙윙 날아다닌다.

"에후…… 꽃이 피면 저렇게 안 오던 벌들도 날아오는데, 그나저나 이 집 나그네는 해를 넘겨 어디에 가 있는지 모르겠다."

끝에는 아버지 얘기였다. 아버지는 할머니에게도 나그네였고, 어머니에게도 나그네였다. 소년은 짐짓 모르는 척하고 물었다.

"저 꽃이 피면 할머니 숨이 트여요?"

"할미 숨 얘기가 아니니 하는 얘기지. 꽃은 저래 피었는데."

할머니가 얘기한 가슴은 어머니의 가슴이었다.

그러나 이듬해 그 자리에 다시 저렇게 하얗게 피어난 자두 꽃을 보지 못하고 할머니는 지난겨울 세상을 떠났다. 할머니는 그해 동짓날 시루팥떡을 먹은 게 체해 생목이 오른다며 며칠 배를 쓸며 기운을 차리지 못하더니 그대로 자리에 누운 채 저세상으로 돌아갔다.

이후 소년의 어머니는 어떤 평온한 죽음의 본보기처럼 할머니의 죽음에 대해 말했다. 동네 어른들도 할머니의 죽음에 대해 사람 목숨이 가려 들면 참 편히 가기도 한다고, 이왕 가려면 숨 놓느라 애쓰지 않고 그렇게 가야 한다고, 그게 몇 명 선택받은 사람들에게만 주어지는 특별한 복인 것처럼 말했다.

어른들 말속에 한 가지 더 다행스러운 일은 늘 밖으로만 돌던 아버지가 가을 추수가 끝날 무렵 집으로 돌아와 할머니가 돌아가실 때 집에 있던 것이었다. 나가면 어디 연락할 데도 없이 떠돌다가도 일단 들어오면 아버지는 두 계절이나 세 계절쯤 읍내 출입조차 삼갈 만큼 집에만 머물렀다. 멀리 가야 낚싯대를 들고 앞 강과 뒷내로 나가는 정도였다. 사람들은 할머니의 죽음이 아버지가 제발로 집에 들어와 있던 시기를 놓치지 않은 것 역시 범상치 않은 일로 얘기했다. 아버지는 그렇게 한번 집을 나가면 한 해 넘게 편지 한 장 없이 세상을 떠돌았다. 역마라고 할머니는 말했다.

그러나 소년에게는 다른 것이 상처처럼 마음에 남았다. 할머니가 먹고 체한 시루팥떡에 대해 어른들이 주고받던 말 때문이었다. 그해 동지는 애동지라 팥죽을 쑤지 않는다고 하자 형제들이 먼저 실망했다. 동생들은 팥떡보다는 팥죽을 쒔으면 좋겠다고 했다. 팥죽 속의 옹심이를 먹는 맛이었다.

"팥떡도 좋지만 나는 팥죽이 더 좋은데."

"나도 팥죽이 더 좋아. 안에 옹심이도 있고."

소년도 같은 생각이었다. 아이들의 바람을 얹어 어머니가 애동지라도 팥죽을 쒀도 되지 않겠느냐고 묻자 할머니가 턱으로 넌지시 소년을 가리키며 말했다.

"다른 것들이야 애초 별 탈 없이 났으니 상관없지만, 저게 내년에 열두 살을 온전히 넘기거든 그다음부터는 그렇게 해라."

애동지에 애들 입맛에 맞춰 팥죽을 쑤면 집집마다 아이들의 명끈을 살피러 다니는 삼신할머니가 팥죽 기색에 막혀 그 집에 들어와 살펴볼 수 없다고 했다. 소년의 모습은 여전히 그늘에서 햇빛을 못 보고 자란 수숫대처럼 제 나이보다 어리고 약해 보였다. 두 살 아래 동생보다 키는 컸지만 앉아 있으면 몸집은 오히려 작아 보였다.

할머니는 매사 가리는 게 많았다. 좋은 쪽으로든 나쁜 쪽으로든 할머니의 걱정이 온통 자신에게만 쏟아져 마치 형제들 사이에서 보살핌을 독차지하는 것처럼 느껴졌다. 소년은 그런 일이 있을 때마다 동생들에게도 괜히 미안한 마음이 들곤 했다.

"형아 때문에 팥죽을 쑤면 안 되는 거야?"

"팥죽을 쒀도 되는데 오빠 때문에 못 쑤는 거지?"

그런 사정은 동생들이 눈치 빠르게 먼저 알았다. 단순하게 보면 형 때문에 팥죽을 못 먹는다 하는 정도지만 소년이 느끼는 부담은 언제나 그 이상이었다.

동짓날 저녁 할머니가 시키는 대로 명부의 눈을 피해 삼박골 명어머니 집에 가서 자고, 거기에서 학교에 갔다 오니 할머니가 안방 아랫목에 누워 있었다.

"할머니는 왜 누워 계셔?"

"동짓날 저녁에 밥 대신 팥떡 몇 개 드신 게 체하셨구나."

할머니가 누워 있는 날이 길어지며 소년은 그것이 팥죽 대신 시루팥떡을 만들게 한 자기 탓인 것 같아 여간 죄스러운 마음이 아니었다. 그러나 그걸로 할머니가 잘못되었다는 건 이해할 수 없는 일이었다. 소년은 할머니 말대로 애동지가 든 해에는 어른들보다 아이들이 많이 상한다는 말을 철석같이 믿어 동짓날 밤, 하늘에서 그해 걷어 갈 목숨을 살피러 오는 손님이 오더라도 자기에게 오지 할머니에게 오리라고는 생각하지 않았다. 할머니가 벽에 기대 앉아 배를 쓸 때도, 자리에 누워 힘을 잃고 있을 때도 그랬다.

할머니가 돌아가시던 날의 일도 그랬다.

그날 저녁참에 가운데 방에서 그림을 그리던 동생이 안방으로 건너갔다가 할머니가 이상하다고 소리를 질렀다.

"엄마! 할머니가 이상해. 내가 흔들며 불러도 대답을 안 해."

그때 소년은 할아버지가 있는 사랑방에 군불을 때고 있었다. 건넛방에 있던 아버지와 사랑방에 있던 할아버지가 허둥지둥 마루를 지나 안방으로 가고, 부엌에서 저녁 준비를 하던 어머니도 젖은 손을 치마에 닦으며 황급히 안방으로 들어갔다. 소년도 아궁이에 마지막 장작을 깊숙이 디밀어 넣고 마루로 올라섰다.

할머니는 어두컴컴한 안방 아랫목에 그대로 누워 있었다. 방에 들어서는 순간 소년은 사람이 죽었다는 게 바로 이런 거구나 하는 것을 직감처럼 느꼈다. 그것은 어둑한 방에 아무 움직임도 없이 그림처럼 누워 있는 할머니의 침묵이 할머니를 제외한 다른 식구들의 다급한 움직임보다 더 크고 무겁게 느껴지는 어떤 분위기의 정점과 같은 것이었다.

"이보시게, 이렇게 가고 마는가? 뭐가 바빠서 이리 서둘러 가시는가?"

할아버지가 이보시게, 이보시게, 하고 할머니를 불렀다.

어른들에게는 어떤 예고가 있었는지 모르지만 소년으로서는 전혀 생각지도 않은 일이었다. 소년은 아랫목에 누워 있는 할머니의 머리 쪽부터 시작해 어둑한 방 전체를 한 번에 굽어보듯 천천히 눈을 돌려 살펴보았다. 할머니의 숨은 이미 끊겼지만 방 안 어딘가에 할머니의 혼이 아직 밖으로 나가지 않고 식구들을 바라보고 있을 것 같았다.

"잘 가서 기다리시게. 오래 걸리지는 않을 게야. 내가 곧 따라갈 테니……."

할아버지는 누워 있는 할머니의 어깨에 손을 얹고 말했다. 마음속으로는 이미 앞 강의 노을 같은 슬픔이 밀려오는데도 소년에게는 할아버지의 작별 인사가 어떤 말보다 인상적으로 들렸다. 그것은 할아버지와 같이 세상의 큰 어른들만 할 수 있는 말 같았다. 소년은 할머니가 명부의 손님을 따라가기 전 할아버지의 말을 꼭 들었기를, 그래서 혼이 방을 빠져 나가기 전 어떤 위로처럼 할아버지를 다시 한 번 돌아보았기를 바랐다.

"뭐가 급한지 저리 바쁘게 떠나고 마는구나."

할아버지가 아버지와 어머니를 돌아보고 말했다. 그제야 아버지와 어머니가 할머니를 부르며 소리 내어 울었다. 모두 우니까 아홉 살, 일곱 살 먹은 동생들도 따라 엉엉 우는데 소년은 눈물만 흘리고 소리 내어 울지 못했다. 동짓날 시루팥떡 대신 팥죽을 쑤었다면 괜찮았을까. 명부에서 온 손님이 뭔가 착각하고 사람을 잘못 데리고 가는 것만 같았다. 할아버지가 할머니에게 함께 사는 동안 고생이 많았다며, 내가 곧 따라갈 테니 그동안 자리를 잘 잡고 있으라고 다시 한 번 마지막 인사를 하며 할머니의 얼굴을 쓸어 눈을 감겼다.

"울음 그치고 마당에 나가 초혼*부터 해라."

할아버지가 어깨를 들썩이며 우는 아버지에게 나직한 소리로

* **초혼** 사람이 죽었을 때 죽은 사람의 혼을 세 번 소리쳐 부르는 일.

일렀다. 그게 날수로도 스무하루나 되는 아주 길고도 긴 장례의 첫 절차였다.

할아버지의 분별에 따라 어머니가 장롱에서 할머니의 저고리를 꺼내 아버지에게 건네주었다.

"사다리를 가져와서 지붕에 걸쳐라."

할아버지의 지시로 아버지가 헛간 뒤에 매달아 놓은 사다리를 떼어 와 안마당 지붕에 걸쳤다. 아버지는 한 칸 한 칸 사다리를 타고 올라가 위태로운 자세로 비스듬히 지붕의 기왓장을 밟고 두 손으로 할머니의 저고리를 깃발처럼 흔들며 서서히 땅거미가 내려오는 북쪽 하늘을 향해 큰 소리로 세 번 외쳤다.

"강하 우계댁 연일 정씨 보-옥!*"

"강하 우계댁 연일 정씨 보-옥!"

"강하 우계댁 연일 정씨 보-옥!"

그렇게 외쳐야 할머니의 혼이 그 소리를 듣고 소리의 길을 따라 다시 온다고 했다. 강하는 소년이 사는 동네 이름이고, 우계댁은 동네에서 부르는 할머니의 택호였다. 할머니는 우계라는 마을에서 태어나 이곳으로 시집왔다. 아버지가 마지막 부른 연일 정씨가 할머니의 이름이었다. 소년은 지난가을 면사무소에서 보내온 국

* **보-옥** 돌아올 복(復) 자. 몸에서 떠난 혼이 다시 돌아오라는 뜻이다.

회의원 선거 인명부에 할아버지 이름 아래에 할머니의 이름이 네 글자로 '연일 정씨'라고 쓰여 있는 것을 보았다.

그때 소년은 할머니는 왜 연일 정씨라는 성만 있고 순자야 영숙아 하는 이름이 없느냐고 물어보았다. 할머니는 어릴 때는 있었다고 했다.

"어른들이 부르는 이름이 있었지."

"뭐였어요?"

"위에 언니가 있으니 둘째 연이였지."

"무슨 이름이 그래요?"

"그 집의 둘째 딸이니 둘째 연이지. 밑에는 셋째 연이고."

할머니와 같은 이름으로 먼저 불리다가 죽은 언니가 둘이나 있었다고 했다. 할머니는 그 집의 세 번째 둘째 연이로 태어나 한 번도 자기만의 이름을 가져 보지 못하고 예순다섯 해 동안 이 세상을 살고 떠난 것이었다.

아버지가 다시 사다리를 타고 지붕에서 내려올 때 아버지가 몰고 온 것처럼 하늘의 어둠도 함께 내려왔다. 소년에겐 그것이 마치 어떤 시간을 삶과 죽음의 시간으로 나누어 반은 할머니가 어둠 속의 길로 저쪽 세상으로 가져가고, 반은 아버지가 마당 아래로 가져오는 듯 보였다. 지붕 위로 날아가는 저쪽 시간은 바람처럼 아득해 보이고, 아버지가 가지고 내려온 시간은 경황없는 틈에도 몹시 수런거리는 듯했다.

땅거미가 점점 짙어지고 있었다. 이제 집 안의 불을 밝혀야 할 시간이었다. 평소 저녁마다 방에 불을 밝히는 것도 소년의 일이었다. 집 안엔 두 개의 남포와 두 개의 등잔이 있었다. 등잔은 성냥을 그어 바로 불을 붙여도 되지만, 남포에 불을 밝히자면 지난밤 그을음이 낀 등피를 새것처럼 맑게 닦아야 했다. 보통 때는 사랑에 군불을 때고 남포 등피를 닦을 때쯤 멀리 두운령으로 해가 지며 노을이 밀려왔다.

소년은 우선 등잔에만 불을 붙여 안방과 건넛방에 두고, 다른 때보다 남포 등피를 더 말끔하게 닦은 다음 불을 붙여 하나는 할아버지가 시키는 대로 문밖에 걸고, 하나는 안방으로 가져왔다. 그것은 이제 막 하늘로 떠난 할머니가 누워 있는 성전에 불을 밝히는 일과 같았다.

'할머니…….'

소년은 안방 벽에 남포를 걸기 전 남포 손잡이를 할머니가 누워 있는 쪽을 향해 종을 흔들 듯 가볍게 흔들며 일렁이는 불빛 아래 할머니를 불렀다.

'할머니…….'

'할머니…….'

소년은 두 번 더 남포를 흔들며 할머니를 불렀다. 아버지의 초혼과는 또 다르게, 명부의 먼 길로 왠지 자기 대신 떠나는 것 같은 할머니를 떠나보내는 소년 나름의 성스러운 이별 의식이었다. 소년은 이렇게 따뜻하게 불을 밝혀 이별하고 나면 앞으로도 자기 몸이 아프거나 마음이 상할 때마다 저 불빛처럼 할머니가 그리울 것 같았다.

5

그사이 아버지가 언덕 아래의 작은집에 기별했다. 작은할아버지와 작은할머니, 작은집 식구들이 마당으로 들어서며 울음을 터뜨렸다. 그 후의 모든 장례 일들은 바깥일은 작은할아버지가, 안의 일은 작은할머니가 분별했다.

아버지가 지붕에 올라가서 한 초혼도 그랬지만, 그날 저녁 소년의 눈에 몇 가지 인상적인 것들이 있었다. 작은할아버지와 작은할머니는 미리 그러기로 작정하고 온 사람처럼 집 안을 한바탕 뒤놓는 일로 할머니의 죽음을 맞이했다. 두 사람은 돌아간 할머니와 작별 인사를 끝낸 다음 안방 윗목 벽에 걸려 있는 메주를 모두 떼어 바깥 마루로 내가게 했다.

"이런, 혼백이 계신 방에 아직 메주를 달아 두고 있단 말이냐? 얼른 떼어 내라."

작은할아버지의 조금은 과장된 호통에 작은집 당숙들이 부엌에서 칼을 가져와, 메주를 묶어 벽에 건 짚을 잘라 한 장 한 장 마루로 내갔다.

"방에 봄에 뿌릴 씨앗은 없냐? 있으면 그것도 모두 밖으로 내가거라."

그 말에 어머니는 선반에 두고 있던 고추씨와 호박씨와 오이씨, 상추씨 등을 담아 둔 버들고리를 당숙에게 내주었다.

"이건 왜 내가는데요?"

막내 당숙이 물었다.

혼이 떠난 목숨과 새 목숨을 틔울 씨앗을 한방에 두면 죽음의 기운이 씨앗에 전해져 나중에 밭에 뿌려도 제대로 열매를 맺지 못한다고 작은할머니가 말했다. 일 년 치 장을 담그는 데 쓰는 메주도 가려야 할 것도 많고 부정 탈 것도 많은 물건이라 떼어서 밖에 내가는 것이라고 했다.

부엌에서도 그랬다. 작은할머니는 어머니가 먼저 지었던 밥을 다른 곳에 퍼 담은 다음, 새로 사잣밥을 지어 그것을 아버지가 지붕에서 초혼할 때 썼던 할머니의 저고리에 담아 마당가에 내놓았다.

동시에 가마 가득 팥죽을 쑤게 해 늦은 저녁처럼 식구들에게 먹이고, 집 안 이곳저곳에 액막이로 뿌렸다. 소년은 동지에 먹지 못한 팥죽을 결국 이렇게 먹는구나 싶어 팥죽이 넘어가지 않았다. 동생들도 그래야 한다는 어른들 재촉에 먹는 시늉만 했다. 소란은 분주하고 가라앉은 슬픔은 깊었다. 그런 가운데서도 소년이 밝힌 성전의 불빛은 더없이 따뜻했다. 그 불빛 속에 소년에게는 메주나 씨앗에 대한 분별보다 더 인상적인 게 있었다.

"서울 애한테도 기별해야지."

작은할아버지의 말에 소년도 천 리 밖 서울에 사는 작은고모에게는 어떻게 알리나 궁금했다. 큰고모는 근동에 있어 당숙 중에 누군가 가서 알리면 되었다.

아버지는 둘째 당숙에게 고모네 집 주소를 적어 주었다.

"자전거를 타고 읍내 전화국에 가서 전보를 쳐라."

"가면 밤인데, 문을 열었을까요?"

"거기는 연다. 그러라고 있는 곳이니까."

금일모친별세급래*

아버지는 흰 종이 위에 여덟 글자를 적어 주었다. 소년은 그중에 '모친' 말고는 뜻을 아는 말이 없었지만 오히려 그래서 더 화급한 전갈처럼 보였다.

* **금일모친별세급래** '오늘 어머니가 돌아가셨으니 급히 오기 바란다.'라는 뜻을 압축하여 전하는 말. 그 당시 전보는 거리와 글자 수를 따져 요금을 받았다.

"오는 길에 소전골에 들러 큰누이한테도 알리고."

"예."

건넛방에서는 기별을 받고 온 일가의 아주머니들이 모여 아버지와 어머니, 두 고모와 고모부, 할머니의 손자들이 입을 깃옷과 상복을 짓기 시작했다. 옷을 지으며 아주머니들은 일을 도울 사람이 새로 올 때마다 바늘이 꽂힌 실패를 건네며 할머니가 먹고 체한 시루팥떡 얘기를 했다.

"어린것들 많은 집에 삼신할미가 아이들을 살피러 오는 길을 막을까 봐 팥죽 대신 시루팥떡을 한 게 그만 엉뚱하게 할머니를 데려갔구먼."

"이 집 자무가 약하니 더 그런 마음이었겠지."

"애동지가 애를 잡아간 게 아니라 상노인을 잡아갔구먼."

아무리 애동지라도 아이들이 원하는 대로 팥죽을 쑤었더라면 할머니도 팥떡을 먹고 체하지 않았을 것이고, 그리 쉽게 돌아가지 않았을 거라는 얘기였다.

6

관을 짜는 나무도 이것저것 가리는 것 많은 할머니가 이미 몇 해 전 가을 윤달에 할아버지와 할머니의 수의를 마련하며 함께 준비해 둔 것이었다. 관은 두 명의 목수가 다음 날 아침부터 두꺼운 금강 송판을 이리 켜고 저리 홈을 내어 단 여섯 조각의 널판으로만 짜 맞추었다. 관에는 절대 못을 치는 것이 아니라고 했다. 몇 년 동안 헛간에서 말린 나무인데도 대팻밥이 날릴 때마다 송진 향이 마당 전체에 은은하게 떠돌았다.

할아버지가 몇 번이고 사랑에서 나와 송판을 쓰다듬었다. 소년의 마음 같아서는 관이 조금만 더 넓어 그 속에서 할머니가 마음대로 돌아눕거나 다리를 구부리고 눕거나 자기를 안고 누울 때처럼 팔을 벌리고 품을 넓게 할 수 있으면 좋겠다는 생각이 들었다. 그러면 그 안에 누워도 무서움이 한결 덜할 것 같았다.

서울에 사는 작은고모는 고모부와 함께 다음 날 저녁 시간에 바깥마당에 톱밥과 대팻밥이 멀리 두운령에서 바람을 타고 온 눈처럼 풀풀 날릴 때 왔다.

"서울 딸이 오셨네."

마당가 우물의 물을 깃던 소년의 명어머니가 제일 먼저 서울 고모를 알아보았다.

"어떻게 이렇게 일찍 오셔?"

명어머니의 물음에 작은고모는 어젯밤에 전보를 받고 새벽에 집을 나와 아홉 시간 버스를 타고 왔다고 말했다.

"얘기는 이따가 나누고, 사랑에 아버지부터 뵈어라."

아버지가 오랜만에 동생을 보고도 반가운 기색 하나 없이 작은고모에게 말했다. 할머니가 죽은 집이었다. 작은고모도 같은 얼굴로 예, 하고 대답하고 댓돌 위로 올라섰다. 작은고모는 고모부와 함께 사랑에 들어갔다. 고모는 한복을 입었고, 고모부는 양복을 입고 구두까지 반짝반짝 닦아 신었다. 소년이 본 서울 사람의 모습은 이곳 산골 사람들의 모습과 달랐다.

"아니, 어제저녁에 돌아가셨는데 어떻게 기별을 해서 이렇게 빨리 오누?"

"어제 돌아가시자마자 읍내 전화국에 가서 전보를 보냈다지 않아요."

"전보라는 게 그렇게 빠른가?"

"빠르고말고요. 그래 기별을 받고 오늘 아침 첫차를 타고 왔다잖아요."

"암튼 놀라운 세상이야. 예전 같으면 누가 일부러 서울로 가서 기별을 해야 하는 일을 말이지. 그러자면 그게 또 며칠이고, 그 기별 받고 오자면 그게 또 며칠이지."

어른들은 멀리 있는 사람에게 기별하는 것도, 기별을 받고 오는 것도 세상이 이렇게 빨라지고 편해졌다고 말했다.

소년은 이쪽 일을 천 리 밖까지 금방 알리는 전보라는 것에 대해 다시 궁금해졌다. 세상에 그것보다 빠른 것을 아직 보지 못했다. 소년이 전보에 대해 묻자 당숙은 그것을 어떻게 설명할까 한참 생각하다가 읍내 전화국에서 아버지가 써 준 여덟 글자의 말을 전봇줄에 띄워 바로 서울로 보내는 것이라고 했다. 소년은 설명을 들은 다음 그것에 대해 더욱 알 수 없어졌다. 사람 입에서 나온 말이 연처럼 하늘에 띄울 수 있는 물건도 아닌데 어떻게 전봇줄에 띄워 보낸다는 것인지.

서울 고모가 오자 상복을 지으러 모인 아주머니들이 다시 시루팥떡 얘기를 했다. 그 말을 들은 어떤 아주머니는 첫눈에 소년을 알아보고 손을 잡았다.

"네가 이 집 자무구나."

"예……."

"이렇게 몸이 약하고 얼굴이 하야니 할머니가 그렇게 애를 쓰다 가셨지." 하고 혀를 차듯 말했다.

7

장례는 후일 그가 어른이 되어서도 몇 번이고 물어 확인했을 만큼 길고도 긴 21일장이었다. 집안에 어른이 돌아가시면 그 달에 장례를 치르지 않고 그믐을 넘겨 다음 달에 장례를 치르는 법이라고 했다. 동짓달 초하룻날에 돌아가시든 스무닷새에 돌아가시든 할머니가 돌아가신 동짓달을 넘겨 다음 달인 섣달이 되어야 장례를 치러 길게는 29일장, 31일장이 될 수도 있었다.

할머니가 그런 걸 워낙 많이 가리고 할아버지 역시 집 뒤에 사당을 따로 가지고 있는 유가*의 주인이라 할머니의 마지막 걸음을 더욱 그렇게 지켜 주었는지도 모른다. 소년은 아무리 그래도 그렇게 긴 장례를 치렀나 싶어 어른이 된 다음 뒤늦게 날짜를 계산해 본 적이 있었다.

* **유가** 유교의 학풍을 지키는 집안.

할머니가 동지 팥떡을 먹고 돌아가서 다음 달 초하룻날 장례를 치렀는데도 그게 21일장이었다면 할머니는 그해 애동지가 들었던 초사흗날 시루팥떡을 먹고 체해 여드레쯤 앓다가 열하룻날에 돌아가신 게 맞았다. 할머니의 제삿날이 바로 동짓달 열하룻날이었다. 시간이 흘러도 할머니가 돌아가신 다음 스무하루 동안의 일을 끊어진 필름을 이어 맞추듯 소년은 선명하게 기억하고 있다.

건넛방에서 상복이 다 지어졌다고 하자 그걸 입고 성복제*를 지내기 전 할머니가 누워 있는 안방으로 어제 바깥마당에서 짠 관이 들어왔다. 빈 관을 옮길 때도 어른들은 문에 부딪치지 않게, 벽에 닿지 않게 서로 조심하라고 말했다.

할머니의 몸을 관 속에 모시는 입관 때도 제일 큰 손자인 소년만 남고 다른 손자들은 어른들의 말에 따라 모두 밖에 나가 있었다. 겹겹이 삼베옷을 입히고 삼끈으로 촘촘하게 묶은 할머니의 몸을 관 속으로 넣을 때 서울 작은고모가 "악!" 하는 외마디의 비명과 함께 정신을 잃고 혼절했다.

"아니, 얘가 왜 이래?"

"여보!"

* **성복제** 정통 유교 집안에서 초상이 난 다음 짓기 시작한 상복이 다 지어져 그것을 입을 때 간단한 술과 과일을 차려 놓고 올리는 예식.

"정신 차려!"

"여보! 여보!"

"누가 나가서 물 좀 떠 와!"

"얼른!"

어른들이 우왕좌왕하며 부엌에서 찬물을 떠 오고, 얼굴에 뿌리고 하는 동안 방과 붙은 마루에서 고모를 따라온 사촌 여동생이 우리 엄마가 죽었다고 기를 넘기며 울고불고 난리가 났다. 작은고모가 다시 깨어나기까지 소년은 할머니를 데리고 간 명부의 손님이 할머니와 함께 데려갈 또 한 사람의 길동무로 작은고모를 지목해 데려가려는 게 아닌가 싶어 극도의 두려움에 떨었다. 자기가 자기 팔을 바라보는 동안에도 사시나무처럼 몸이 덜덜 떨렸다.

그사이 사랑방엔 할아버지가 있으니 안 되고, 건넛방에 흰 광목으로 장롱보다 크게 할머니의 궤연*이 만들어졌다. 크기를 놓고 잠시 말이 오갔지만, 작은할머니가 분별했다.

"형님이 다른 집 궤연을 보고 오실 때마다 그러신걸. 이다음 당신 궤연은 안에서 애들이 잠도 자고 숨바꼭질하며 놀았으면 좋겠다고."

그 한마디로 궤연의 크기가 방 절반의 크기로 결정되었다.

* **궤연** 죽은 사람의 영궤와 거기에 딸린 모든 것을 갖추어 차려 놓은 곳.

작은고모가 한 번 혼절한 이후 절차는 더욱 조심스러워 사랑마당가 텃밭에 가묘를 쓸 때도 어른들은 손자로는 소년만 관이 땅속으로 들어가는 모습을 지켜보고 다른 형제들은 보지 못하게 했다. 이때도 명부의 손님들이 자기를 할머니의 길동무로 데려갈까 봐 소년이 부들부들 몸을 떨자 두 살 아래의 동생이 그에게도 어머니에게도 "내가 대신 설까?" 하고 물었다. 소년은 그러라고 하고 싶었지만 어머니가 부드러운 얼굴로 "조금도 무섭지 않다. 할머니가 우리 자묘를 가장 귀해했는데 네가 봐 드려야지." 하고 말했다.

이런 일이 있을 때마다 집안의 허드렛일을 도우러 오는 삼박골 명어머니도 짧은 틈에 소년을 불러내 손을 꼭 잡아 주며 말했다.

"자무야."

"예……."

"무섭나?"

"……."

그때도 소년은 대답을 못 하고 몸만 떨었다.

"자무야. 하나도 무섭지 않다. 니는 형이 하나 니 앞에 먼저 가서 어느 귀신도 니 몸을 함부로 못 건든다."

"……."

소년에게는 명어머니의 그런 말이 위로가 되었다.

"이 어미가 니를 그렇게 안 둔다. 알재?"

"예……."

그래도 소년이 할머니의 관이 가묘 속으로 내려갈 준비를 하는 동안 하얗게 질려서 떨자 어머니가 다시 동생을 불렀다.

"네가 형의 손을 잡아 줘라. 둘이 나란히 서서 손을 붙잡고 있어."

그러니 좀 나았다. 형제가 나란히 손을 잡고 서서 할머니의 하관을 지켜보았다. 그러는 동안에도 소년은 귓속에 으엉으엉 하고 우는 둘째 고모의 울음소리만 크게 들리는 것 같았다. 정신이 하나도 없어 다 함께 "아이고, 아이고." 하는 소리 이외에는 다른 소리는 하나도 안 들렸다.

그날 저녁 제사를 마치고 돌아간 사람도 있지만, 먼 데서 온 친척들과 고모들은 다음 날 아침상식으로 제사를 올린 다음, 산에 묘를 쓰는 장삿날에 다시 오겠다고 인사를 하고 돌아갔다. 다 떠나고 덩그러니 식구들만 남자 할머니의 빈자리 속에 더욱 알 수 없는 허전함이 소년의 가슴속으로 밀려왔다.

장삿날까지 남은 열여드레 동안 아버지와 어머니는 새벽마다 찬 바람이 쌩쌩 부는 사랑 마당가 가묘에 나가 오래도록 "아이고, 아이고" 하며 슬피 곡을 하고 들어왔다. 할아버지도 새벽마다 아버지와 어머니가 사랑 밖에서 곡을 하는 소리를 들었다. 그 소리는 소년이 잠결에 들어도 길고 슬펐다. 저녁에 잠자리에 들기 전에도 아버지와 어머니는 할머니 가묘 앞에 나가 곡을 했다. 새벽에도 저녁에도 곡이 너무 길어서 거의 날마다 할아버지가 문을 열고 추운데 이제 그만 들어가라고 야단치듯 말할 때가 많았다.

곡을 다 하고 들어갈 때도 아버지가 어머니의 상복 소매를 당겼다. 그때마다 어머니가 그 자리에 얼어붙은 듯 소매를 빼고 계속 "아이고, 아이고." 하고 곡을 해 어떤 때는 "아직도 안 들어가고 무얼 하느냐?"고, 다시 할아버지의 야단을 듣기도 했다. 소년은 어머니가 아버지보다 길고 슬프게 곡을 하는 것이 할아버지의 눈치를 보아서가 아니라, 어머니 자신의 설움과 할머니의 죽음으로부터 자유로울 수 없는 아들의 몫까지 그 속에 있어서라는 걸 알았다.

그러면 또 슬픈 생각이 들었다.

'나는 정말 왜 이렇게 약하게 태어나 할머니를 걱정시키고, 어머니를 걱정시킬까?'

새벽과 저녁은 아니지만, 소년도 틈틈이 할머니 가묘에 가서 인사했다.

'할머니, 그 속은 안 추워요?'

'할머니, 나 때문에 가신 거예요? 할머니는 아니라지만 지난번에 왔던 어른들이 다 그렇게 말했어요.'

할머니에게 이르듯이 그렇게 말하기도 했다.

할머니가 괜찮다고, 너 때문이 아니라고, 소년이 바라보고 묻는 땅속에서가 아니라 하늘과 공중에서 대답했다. 소리가 들려 둘러보면 어디에도 없었다.

나중에 다 자라서 삶과 죽음에 대해 생각할 때 그가 가장 먼저 떠올리는 것도 어린 시절에 보았던 할머니의 죽음이었다. 때로는 그보다 깊은 생각으로 이다음 죽어서 우리는 정말 어디로 가는 것일까, 모든 사람들이 간다고 하는 저세상이 있기나 한 것일까, 또 그렇게 떠날 때 할머니가 늘 말하던 명부의 손님이 정말 우리를 데리러 오는 것일까, 나이에 관계없이 그런 것을 생각할 때도 그 생각 앞 자락에 그림처럼 펼쳐지는 것이 열한 살 겨울에 맞이한 할머니의 죽음이었다. 그것은 그냥 이 세상에 태어나 처음 겪은 이별이어서만이 아니었다.

8

할머니를 산으로 모시기까지 열여드레 동안 이웃 마을 석수장이 세 사람이 선산 가까이에 있는 커다란 바위를 골라 할머니 산소에 놓을 석물을 만들기 시작했다. 석수장이들은 저마다 집에서 이른 아침을 먹고 커다란 망치와 여러 벌의 정이 든 주루막을 메고 바위가 있는 산으로 왔다. 올 때는 송곳처럼 날카롭게 벼린 정을 가져와도 저녁에 돌아갈 때면 정 끝이 도로 뭉툭해졌다.

석수장이들의 점심은 매일 삼박골 명어머니가 집으로 와서 함지박에 담아 산까지 머리에 이고 날랐다. 처음에는 영숙이도 몇 번 같이 오다가 무엇에 토라진 듯 잘 오지 않고 영해만 매일 따라왔다.

"영해야."

"응, 형아."

"영숙이는 왜 안 오니?"

"몰라. 같이 가자고 해도 안 와."

그러면 앞에 함지박을 이고 가던 명어머니가 말했다.

"그것이 이제 부끄러움을 알아 그러지."

영숙이의 부끄러움을 소년은 알 것 같기도 하고 모를 것 같기도 했다.

소년은 오전 나절과 오후 나절에 동생과 또 영해와 함께 곁두리로 줄 술 주전자를 들고 다니며 하루하루 석물이 다듬어지는 모습을 지켜보았다. 할머니의 무덤 앞에 놓을 상석과 양쪽 옆에 세울 망주석이었다. 바위에서 돌을 떼어 낼 때 상석 돌을 먼저 떼어 내고 망주석 돌을 나중에 떼어 내 석수장이 세 사람이 하나씩 맡아 쉬지 않고 정으로 쪼아 내고 다듬어 나갔다. 비석은 이다음 할아버지가 돌아가신 다음 세운다고 했다.

"지금 만드는 게 바로 느 할머니 밥상이란다. 나중에 할아버지와 함께 쓰는 상이지. 내가 이 댁 사정을 잘 모르긴 해도 아마 두 분이 초례* 때하고 회갑 때 말고는 같은 상에 음식 받아 보신 적이 거의 없을 거다."

"초례상은 받아도 보기만 요란하지 수저도 못 드는 상인데, 그러면 뭐야. 두 분이 평생 같은 상에 앉아 밥 한 번도 못 드셨다는

* **초례** 전통 양식으로 치르는 결혼식. 여기서는 할아버지와 할머니가 스무살 무렵 치른 결혼식을 말한다.

거네."

"젊어서는 층층시하*니 그러고 싶어도 못 그러고, 나이 들어서는 바깥어른이 손주하고 겸상하니 못 그러고."

소년의 기억에도 할아버지와 할머니는 한 번도 같은 상에서 밥을 먹지 않았다. 어쩌다 단오 같은 때도 아버지는 어머니와 같이 다녀도 할아버지와 할머니는 같이 다니지 않아 밖에서도 한 상을 받을 일이 없었다. 두 사람은 단오장에도 따로 다녔다. 할아버지는 손주를 데리고 다니고, 할머니는 어머니가 굿당에 모셔드리면 온종일 거기에만 있다가 돌아왔다.

"아직은 독상이지만, 할아버지까지 모시고 나면 두 분이 살아서도 쓰지 못한 한 상을 쓰실 텐데 잘 만들어 드려야지."

소년은 나이 든 석수장이의 그 말이 좋았다. 할아버지가 할머니에게 먼저 가서 기다리라고 한 것은 나중에 이 밥상을 같이 쓰자는 말인지도 모른다.

소년에게는 모양이 반듯한 상석보다 기둥 모양의 망주석이 만들어지는 과정을 지켜보는 것이 재미있었다.

"이건 왜 세워요?"

"무덤을 잘 지키라고 세우지. 혼령도 늘 무덤 속에만 있는 게 아

* **층층시하** 어른들과 함께 살고 있어 위로 모셔야 할 어른이 많아 처신이 어렵다는 뜻.

니라 밖으로 나오기도 하니, 멀리 갔다가도 이걸 보고 잘 찾아오라 세우는 거기도 하고."

곁두리를 들고 산에 갈 때마다 소년은 궁금한 게 많았다. 나이 든 석수장이의 말대로 망주석이 살아 있는 지킴이처럼 무덤을 지키고, 혼령이 정말 무덤 속을 나와 여기저기 돌아다니기도 하는 것인지. 하기야 그래야 집에서 지내는 제사에도 올 수 있을 것이다.

그러면 할머니가 늘 조심시키던 명부는 우리 머리 위에 있고, 명부 같은 것이 땅속에 또 하나 있는 것일까. 아니면 처음엔 모든 혼령이 명부로 갔다가 다시 제자리로 올 수도 있고, 이곳저곳 왔다 갔다 할 수도 있는 것일까. 언제나 소년은 나이답지 않게 그런 것이 궁금했다.

돌기둥이 하루하루 모양을 갖춰 가며 여덟 모로 깎은 기둥 한 면에 각기 다른 모습의 다람쥐를 새겨 넣었다. 처음엔 옥수수처럼 생긴 귀를 붙여 놓은 채 정을 쪼더니 망주석 두 개 다 나이 많은 석수장이가 옥수수 부분을 다람쥐 모양으로 다듬어 나갔다. 하나는 위로 올라가는 모습이었고, 하나는 아래로 내려오는 모습이었다.

"히야, 뭔가 했더니 다람쥐네."

"이게 모양은 다람쥐여도 보통 다람쥐가 아니여."

"보통이 아니면요?"

"보긴 이래도 호랑이나 마찬가지인 다람쥐여. 그래서 이름도 세호고."

"세호요?"

"그려. 세호."

"우리 반에도 세호라는 아이가 있어요."

"너희 반 아이 이름과는 다른 세호여. 모양은 다람쥐여도 이름은 작은 호랑이라는 뜻으로 세호라고 부르는 거여."

나이 많은 석수장이가 알려 주었다.

"이 세호의 모습도 시대와 시절에 따라 달라져 온 거지. 옛날 임금 무덤의 망주석엔 정말 호랑이 모양의 세호를 새기고, 또 어느 시절엔 물과 뭍을 오가는 도롱뇽을 새겼는데, 지금은 산소들마다 다람쥐 모양의 세호를 새기는 거지."

그래도 이름만은 여전히 세호라고 했다.

"다람쥐가 올라가는 게 있고 내려가는 게 있는데, 어느 걸 어느 쪽에 세워요?"

"아직은 할머니 혼자지만 양쪽 옆으로 나란히 모시는 산소는 어느 묘든 남자를 왼쪽에, 여자를 오른쪽에 모신단다. 남자가 있는 왼쪽 망주석의 세호가 올라가고 여자가 있는 오른쪽의 것이 내려가지."

"왜 달라요?"

"말이야 여럿 있지. 음양의 이치가 그렇다고도 하고, 다람쥐가 짐승 중에서도 부지런하고 영리하니까 땅속에 있는 사람의 말을 하늘에 전하고, 하늘의 말을 받아 땅속으로 전한다고도 하고."

"혼령이 땅속에 있어도 밖으로 나올 수 있다면서요?"

"그야 물론 그럴 수 있지."

"사람이 죽었을 때 모든 혼령이 처음에 다 불려 가는 명부도 있고요."

"어, 네가 명부도 알어?"

소년의 말에 나이 든 석수장이가 놀랐다.

"허허, 어르신이 모르시는 모양이구먼요. 재가 여기 매일 점심 나르는 명엄니까지 어머니가 둘인 아이여요."

"그려?"

"명부의 귀신들 알아채지 못하게 동짓날이면 눈을 피해 명엄니 집에 가서 잠을 자고 오는 아인걸요."

"느 할머니 얘기도 들었다만, 그러니 여러 말이 있다는 거지. 다 보지 않고 겪지 않은 일을 누가 알겠누. 우리 같은 돌장이야 예전부터 그렇다고 하니 그 말이 정말인가 보다 하고 이렇게 올라가는 세호, 내려가는 세호를 새기는 거지."

소년 생각에도 다람쥐가 세상의 입과 귀가 되어 땅속에 있는 사람의 말을 하늘에 전하고, 또 하늘의 말을 받아 땅속으로 전한다는 말이 옳은 듯싶었다. 아니어도 왠지 그랬으면 좋겠다는 생각이 들었다. 그래야 소년도 다람쥐를 통해 할머니에게 말을 전하고, 할머니가 하는 말을 들을 수 있을 것 같았다.

9

상석이 반듯하게 각을 맞추고, 세호가 완전하게 모양을 갖추자 장삿날이 다가왔다. 다시 먼 곳에 사는 친척들이 집으로 모였다. 어른들을 따라 평소엔 보기 어려웠던 사촌들도 다시 모였다. 할머니는 텃밭 가묘에서 나와 비로소 상여를 타고 증조할아버지와 증조할머니의 산소 바로 아랫자리로 갔다. 상석과 망주석은 회다짐* 을 끝낸 다음, 돌을 깬 자리에서 발구*에 실어 두 마리의 소가 앞에서 끌고, 여덟 명의 상두꾼이 발구 옆과 뒤에서 밀어 산소까지 가져왔다.

장례는 그렇게 끝났지만 그 후에도 아버지와 어머니가 지키고 해야 할 일들이 많았다. 건넛방에 일 년 동안 궤연을 모시고 매일

* **회다짐** 묘를 쓸 때 관을 구덩이에 내려놓고 그 사이를 석회로 메워서 다지는 것.
* **발구** 산간 지방에서 마소가 끌어 물건을 나르는 큰 썰매. 겨울에 나무를 할 때도 쓰고, 산소 앞에 놓은 상석과 같이 무거운 물건을 나를 때도 쓴다.

아침 점심 저녁마다 새로 지은 밥과 찬으로 상식을 올리고, 매달 초하루와 보름에 별식의 삭망제를 올렸다. 살아서 할머니가 늘 역마를 걱정했던 아버지는 탈상할 때까지 일 년 동안 거의 외출을 하지 않았다. 어쩌다 바깥에 꼭 출입할 일이 있으면 장삿날에 입었던 누더기 상복에 방갓을 쓰고 한 손엔 오동나무 상장*을 들고 볼일을 보러 나갔다. 이제까지 그림으로만 보던 김삿갓과 같은 모습으로 면사무소에도, 읍내에도, 외가에도, 또 할머니의 친정에도 다녀왔다.

"아버지는 왜 저렇게 다녀요?"

소년이 물으면 어머니가 대답했다.

"아버지는 아버지의 어머니를 돌아가시게 한 죄인이어서 하늘의 해를 봐선 안 되는 사람이란다. 그래서 바깥출입을 줄이고 꼭 나갈 일이 있으면 저렇게 해를 가리는 갓을 쓰고 다니는 거지."

소년도 어른들 몰래 아버지의 방갓을 써 보았다. 갓 테두리를 손으로 밀거나 잡고 쳐들지 않으면 보이는 건 발밑 아래의 땅밖에 없었다. 산도, 하늘도 보이지 않았다. 정말 갓을 쓰고 할머니의 죽음을 슬퍼해야 할 사람은 아버지가 아니라 지난 동지 때 팥죽 대신 시루팥떡을 하게 한 자기 같았다. 그 마음이 할머니의 빈자리

* **상장** 상제가 상례나 제사 때 짚는 지팡이.

처럼 깊이 오래갔다.

'할머니 죄송해요.'

'정말 죄송해요.'

그렇게 말하다 보면 할머니에 대한 그리움으로 눈물이 났다.

10

할머니의 장례 후 소년에게 달라진 게 하나 있다면 먼 곳에 있는 누군가에 대한 생각과 그리움이 지난겨울 갈무리되어 꼭꼭 묻어 둔 꽃씨처럼 가슴속에 자라나고 있는 것이었다.

할머니 장례 때 소년은 자기만큼이나 얼굴이 흰 서울의 사촌 여동생을 보았다. 작은고모가 혼절했을 때 우리 엄마 죽는다고 기를 넘기며 울던 아이였다. 세 살 아래의 그 아이는 몸이 그다지 약해 보이지 않는데도 얼굴이 하얘 모르는 사람들은 그 아이의 오빠를 제쳐 두고 소년과 그 아이가 오누이냐고 물었다. 아닌데요, 하면서도 소년은 왠지 싫지 않았다. 그 아이도 싫은 기색 없이 이쪽을 보고 환하게 웃었다. 장삿날 영해와 함께 온 영숙이도 저 아이가 누구냐고 물었다.

"정말 얼굴이 너무 하얗다."

"그렇지?"

"나는 자무 오빠 말고는 얼굴이 하얀 사람 싫은데."

할머니의 궤연 앞에 앉을 때마다 소년은 문득 그 아이가 보고 싶어졌다.

봄이 되어 마당가에 할머니가 좋아하던 흰 자두 꽃이 구름처럼 피어났을 때 소년은 그 아이에게 꽃 소식을 전해 주고 싶었다. 바람이 불면 흰 자두 꽃과 연분홍색의 살구꽃이 한데 섞여 후르르 눈처럼 날리는 모습을 할머니에게도 말해 주고 그 아이에게도 말해 주고 싶었다.

지난겨울 할머니의 관을 임시로 묻었다가 꺼낸 다음 다시 흙을 메운 가묘의 움푹한 자리에도 아침에 일어나면 꽃잎이 날아와 수북이 쌓였다. 소년은 멀리 두운령엔 아직 눈이 하얀데, 마당가엔 벌써 꽃잎이 떨어져 날리는 풍경을 그 아이에게 전해 주고 싶었다. 꼭 꽃 소식이 아니라도 좋았다. 자신의 마음속 무엇을 말해 주고 싶어 꽃을 보는 마음조차 알 수 없는 조바심이 일기도 했다.

소년은 언덕 아래 작은집에 갔다가 중학교에 다니는 막내 당숙이 책상 위에 펼쳐 놓은 책에서 제일 앞의 두 줄만 읽어도 마음에 못처럼 콕 들어와 박히는 시 한 편을 읽었다. 그것은 이제까지 소년이 학교에서 배운 동시와는 전혀 다른 세계의 말이었다.

청솔 푸른 그늘에 앉아
서울친구의 편지를 읽는다

보라빛 노을을 가슴에
안았다고 해도 좋아

혹은 하얀 햇빛 깔린
어느 도서관 뒤뜰이라 해도 좋아

당신의 깨끗한 손을 잡고
아늑한 얘기가 하고 싶어

아니 그냥
당신의 그 맑은 눈을 들여다보며
마구 눈물을 글썽이고 싶어

아아 밀물처럼
온몸을 스며 흐르는
피곤하고 피곤한 그리움이여

청솔 푸른 그늘에 앉아
서울친구의 편지를 읽는다

소년은 아주 나중에야 이 시를 쓴 사람이 이제하이고, 그가 고등학교 1학년 때 쓴 시로, 오래도록 중학교 교과서에 실리는 동안 어린 날의 자신처럼 많은 청소년들의 마음을 설레게 했다는 것을 알았다. 그러나 애석하게도 소년이 중학교에 갔을 때는 이 시가 교과서에 실려 있지 않았다.

이 시를 읽는 느낌이 소년에겐 청솔 푸른 그늘이 아니라 마당가의 눈처럼 흰 자두 꽃그늘 아래에 앉아 하얀 손을 잡고 그 아이의 편지를 읽은 듯했다. 그것을 읽은 다음 마음속엔 이미 무엇이 밀물처럼 흐르는데 그것이 얼마나 더 스며들고 흘러야 피곤한 그리움이 될지 소년은 알 수 없었다. 시골 학교엔 없는, 하얀 햇빛 깔린 도서관에도 그 아이와 함께 가 보고 싶었다. 소년은 자주 할머니의 궤연 앞에 앉아 혼자 이야기하듯 물었다.

'할머니 잘 계시나요?'

'거기에도 꽃이 피고 새가 우나요?'

물으면 할머니가 대답했다.

'그래. 나는 잘 있다. 여기도 꽃이 피고 새가 울지. 우리 자묘도 잘 있느냐?'

'예, 할머니. 저는 잘 있어요.'

소년은 또 할머니에게 묻는다.

'할머니, 나는 그 아이를 좋아하면 안 되나요?'

'……'

그 물음에 할머니는 대답하지 않았다.

다시 물어도 대답하지 않았다.

소년도 마음속에만 두고 더 묻지 않았다.

11

자두 꽃이 지고 그 자리에 맺은 자두 열매가 굵어지며 닥친 유월 장마 때 삼박골 명어머니의 딸 영숙이가 무엇엔가 이끌리듯 뒷내에 나가 목숨을 잃었다. 소년에게 그건 정말 놀랍고도 엉뚱한 일이었다.

한 목숨이 사라진 일을 엉뚱하다고 말하면 안 되지만, 어느 비 오는 날 저녁에 뒷내에 나가 목숨을 잃은 영숙이의 죽음을 달리 설명할 길이 없었다. 소년은 열두 살이었고, 영숙이는 그보다 한 살 아래였다.

"삼박골에서 뒷내가 어디라고 저녁답*에 거길 나갔는지 몰라."

"비 오는 중에 어린 게 강엔 무슨 볼일이 있었겠어?"

"그러게나 말이지."

* **저녁답** 저녁이 다가올 무렵.

"무언가 끌어당기는 게 있으니 저도 모르게 끌려 나갔겠지."

어른들이 말했다.

소년은 어른들이 말하는 빗속에 영숙이를 끌어당긴 것이 무엇인지는 모르지만, 영숙이가 무얼 따라갔는지는 누가 말하지 않아도 알 것 같았다.

소년의 마음속에 그것은 할머니였다.

지난겨울, 할머니가 돌아가시던 날 소년은 우리가 살고 있는 이 세상을 지나 흘러가거나 지나가고 있는 시간이 자신의 눈앞에 반으로 짝 나누어지는 것을 똑똑히 보았다.

'그날 내가 이 세상을 바람이나 강물처럼 지나가고 흘러가는 시간을 보았던 거야. 그건 아무에게도 말할 수 없는 모습이었어. 그런 말을 하면 아무도 믿지 않을 거야. 어머니 아버지도 믿을 수 없어 할 거야. 아니, 그렇지 않다고, 내가 잘못 본 거라고 말할 거야. 아니면 나를 아무도 볼 수 없는 시간을 보았다고 말하는 이상한 아이처럼 여길 거야.'

소년은 몇 번이나 곰곰이 생각해 보았다.

'그때 내가 시간을 잘못 보았던 것일까? 눈에 보이지 않는 것을 보았다고 생각하는 것일까?'

소년은 가만히 고개를 저었다.

'그렇지 않아. 나는 보았어. 보았던 거야. 다른 사람에게는 보이지 않아도 나는 보았어. 그것은 하나였다가 나누어지는 두 개의 시간이었어. 나는 그때 두 개의 시간을 보았던 거야.

다른 사람은 믿지 않아도 영숙이에게 말했으면 영숙이는 내가 본 것을 믿었을 거야. 그런데 영숙이는 지금 여기에 없지. 영숙이는 그날 내가 보았던 다른 시간을 따라가 버렸어. 할머니가 이끄는 시간을 따라서……. 가만히 눈을 감고 생각하면 더 잘 떠올라. 그날 내가 본 시간의 모습은 이랬어.'

아버지가 사다리를 타고 지붕으로 올라가 할머니의 저고리를 북녘 하늘을 향해 흔들며 "강하 우계댁 연일 정씨 보-옥!" 하고 할머니의 혼을 부를 때, 할머니를 따라 뒤도 돌아보지 않고 저쪽 세상으로 몰려가는 시간과 아버지를 따라 지붕 아래로 끌려 내려오는 시간이 소년의 눈앞에서 두 길처럼 선명하게 나뉘어졌다.

아버지가 할머니의 저고리를 깃발처럼 흔들 때 소년의 눈에는 땅거미가 막 내리는 하늘 저편에서 할머니가 그동안 곱게 짜 나가던 하얗고도 부드러운 세모시 한 필을 뭉텅 잘라 마당에 던지듯 무언가를 이곳으로 던졌다. 그 순간 소년은 자신의 시간은 아직 지붕 아래에 있다고 생각했다. 소년은 몸이 약해 할머니가 걱정을 늘 달고 살았던 자신에게 아직도 많이 남아 두루마리처럼 둘둘 말려 있는 시간을 던져 주었다고 생각했다.

그런데 그런 시간들이 꽃잎 사이로 부는 바람처럼 우리 곁을 지나가는 것인지, 앞 강의 물처럼 흘러가는 것인지, 아니면 아무런 흔적도 없이 우리 잠 속의 꿈처럼 지나가는 것인지 소년은 알 수 없었다.

'할머니. 그건 어떻게 내 곁을 지나가나요? 바람처럼 지나가나요, 물처럼 지나가나요?'

소년은 할머니의 궤연 앞에 앉아 물었다.

'……'

할머니는 거기까지는 대답해 주지 않았다.

어쩌면 그건 혼자 알아야 한다는 뜻이었는지도 모른다.

'또 어떤 때는 이런 생각을 해요, 할머니.'

'무슨 생각 말이냐?'

'마당가 자두나무 아래에 앉아 있는 내 발밑을 소리 없이 지나가는 개미처럼 지금 우리 곁을 지나가고 있는 시간들은 이렇게 가면 이것들이 어디에 가서 다시 차곡차곡 쌓이게 되는 것인지, 흩어지는 것인지 그것도 참 궁금해요. 그것은 쌓이는 건가요, 아니면 바람이 지나간 자리처럼 흔적도 없이 흩어지는 건가요?'

거기에 대해서도 할머니는 대답해 주지 않았다.

'제 생각에는요, 할머니. 그날 할머니와 아버지가 내가 쳐다보는 지붕 위에서 시간을 나누어 가질 때, 이곳 지붕 아래에서는 한 번 지나가면 바람이 분 자리처럼 흩어져 다시 돌아오지 않는 시

간들이 할머니가 가신 곳으로 따라가서 모시나 광목처럼 차곡차곡 쌓이는 것이 아닐까 싶기도 해요.'

'왜 그렇게 생각을 했느냐?'

'그래야 이다음 저세상으로 갔을 때 사람마다 살았을 때의 흔적을 볼 수 있을 테니까요. 아닌가요, 할머니?'

'……'

그 물음 속에는 할머니도 대답할 수 없는 무엇이 있는지도 모른다.

삶의 세계와 죽음의 세계로 나누어지는 시간을 보았다고는 말하지 않고, 그냥 시간이라는 게 어떻게 흘러가는지, 끝내는 그것이 죽음의 세계에 가 닿는 것인지를 다른 어른들한테 물으면 모두들 이상한 걸 묻는다고 했다. 할아버지도 어린 네가 그런 걸 묻는 게 아니라고 했다.

'그렇지만 할머니. 영숙이가 비 오는 날 뒷내에 나가 할머니의 시간을 따라간 것은 정말 이상해요. 따라오지 말라고, 네 시간은 아직 여기에 있다고, 저한테 했던 것처럼 모시처럼 하얀 시간 한 필을 왜 잘라 주지 않았나요?'

'……'

그 말에도 할머니는 대답하지 않았다.

12

여름이 완전히 지나간 다음 굵게 자란 은어들이 강을 흔들 듯 요동치며 올라올 때 소년은 왠지 눈물이 글썽거려지는 마음으로 뒷내에 나가 보았다. 영숙이가 떠난 지 백여 일이 지나서였다. 며칠 전 백 일 때 명어머니가 백설기 한 뭉치를 쪄 아이들 주먹만큼씩 떼어 그곳에 뿌렸다고 했다. 영숙이 동생 영해가 학교에서 알려 주었다.

"형아. 엄마가 많이 울었어."

"너는……."

"나도 많이 울었어."

누구도 알려 주지 않았지만, 소년도 그때 갔으면 강물처럼 많이 울었을 것이다.

"엄마가 형아한테는 말하지 말라고 했어."

"……."

“형아, 형아. 이제 우리 집 안 와?”

“…….”

“안 와?”

“아니, 가…….”

소년에게는 아무 준비도 없이 헤어져야 했던 참 아픈 이별이었다.

지난겨울 동짓날 저녁, 삼박골로 가는 길에서 명어머니가 소년에게 하늘의 명부에서 하는 일에 대해 아무 걱정하지 말라고 했다. 이 어미가 네 앞에서 다 지켜 낼 거라고 하자, 바로 뒤에 따라오던 영숙이가 말했다.

“오빠 앞에 그런 거 있으면 내가 앞에서 다 막아서 내 거 할 거다. 나는 엄마가 그러지 말래도 오빠한테 그럴 거야.”

그래서 영숙이의 느닷없는 죽음이 마치 그 일과 그 말 때문인 건지 싶어 더욱 가슴 아파 오는 이별이었다.

영해가 그 말을 해 준 다음 날, 소년은 자신이 가야 할 길 저편에 알지 못할 누구에겐가 이끌리듯 그렇게 뒷내에 나가 보았다. 집을 나와 소년은 조심스럽게 산을 하나 넘어 뒷내 쪽으로 걷기 시작했다. 어딜 간다고 어머니에게도 말하지 않고, 동생들에게도 말하지 않았다. 해가 조금씩 서쪽으로 떨어지고 있었다. 강으로 가면, 이렇게 해가 지는 시간에 강으로 가면 그게 앞 강이든 뒷내든 어릴 때 은어 낚시를 가는 아버지의 자전거 뒤에 앉아 강으로 가던 때의 일이 떠오르곤 했다.

'아버지도 집을 나갈 때 이렇게 아무에게도 말하지 않고 나갔을까?'

뒷내로 나가다가 소년은 문득, 할머니가 아버지에 대해 말하던 역마라는 말과 나그네라는 말을 떠올려 보았다.

'역마라면 나도 아버지의 아들이니까 그런 게 찾아올까요, 할머니?'

'……'

할머니는 대답하지 않았다.

아마도 그러지 말라는, 그런 생각은 하지도 말라는 뜻일 것이다.

'할머니였나요?'

영숙이라는 말은 빼고 물었다.

'……'

그 물음에도 할머니는 대답하지 않았다.

혼자 길을 걸으면 자꾸 이렇게 이 세상의 누구와, 또 이 세상에 없는 누구와 이야기를 하게 된다. 혼자 말하고, 혼자 대답하듯 중얼거린다. 그러다 보면 집에서부터 걸어온 것이 아니라 아주 오래전 먼 시간 먼 곳에서부터 여기까지, 시간이 만들어 준 길을 걸어온 것 같은 생각이 들기도 한다.

등 뒤로 밀려오는 노을 속에 소년은 뒷내에 도착했다. 집에서부터 여기까지 아주 먼 길은 아니지만 소년은 이 저녁 자신이 걸어온 길을 뒤돌아보았다. 동쪽 산 아래 대지를 병풍처럼 둘러싼 두 운령 너머로 해가 지고 있었다.

그걸 바라보고 있으면 마치 자신이 저 산의 깊고 험한 골짜기를 물처럼 흘러 넘은 것 같은 생각이 들었다. 이렇게 강가에서 맞이하는 노을은 그곳이 앞 강이든 뒷내든 그것의 장엄함을 온몸으로 느낄 수 있었다. 하늘과 땅이 함께 감싸 오는 것 같은 안온한 기운으로 길옆의 강도 노을빛에 서서히 물들어 가고 있었다.

땅 위로 흘러가는 똑같은 시간이어도 해가 지는 시간은 더 특별하다. 강뿐 아니라 땅 전체가 하늘의 기운에 얌전하게 순종하며 하늘이 내려 주는 색깔 그대로 물들어 가는 시간이다. 그 속에 이 세상에 태어나 오래 살지 않았는데도 마치 아주 오래 산 듯싶은 지난 기억들이 그의 머릿속을 은어 떼처럼 헤엄쳐 온다. 노을 속 시간의 강을 거슬러 올라온다.

소년은 뒷내 강둑에서 강가로 내려가 길섶에 신발을 벗고 앉아 가만히 노을에 물들어 가는 강물에 발을 담근다.

'영숙아.'

'……'

'내 명어머니의 딸 영숙아.'

'……'

그래도 영숙이는 대답하지 않았다.

'보고 싶은 영숙아.'

그제야 강물에 내려앉아 더욱 짙어진 노을 속에서 영숙이가 대답했다.

'자무 오빠……'

'미안하다, 영숙아……'

'오빠가 뭐가 미안해?'

'너 떠난 다음 여기는 누구하고 함께가 아니라 나 혼자 와 봐야 하는데, 혼자 오는 게 너무 무서웠어.'

'알아, 오빠……'

'영숙아. 너무 늦게 와서 미안하다.'

'괜찮아, 오빠. 이렇게 오면 돼.'

'네가 가 있는 곳도 여기처럼 나무 사이로 햇빛이 들고 바람이 불고 그러니?'

'응, 오빠……'

'이곳에 있을 때 너에게 늘 한 발 물러나 있던 내 마음도 하늘에 있는 너의 눈에는 보이니?'

'그때는 섭섭했는데 지금은 다 보여, 오빠.'

소년은 혼자 강가에 앉아 생각한다.

지난겨울 동짓날 밤 함께 삼박골로 가며 바람불이재 아래에서 우리가 넘어졌을 때 네 얼굴이 내 얼굴 앞에 마주 닿았던 그 밤의 시간은 지금 어디까지 흘러가 있을까, 그게 바람의 시간이든 강물의 시간이든 그게 너에게는 보이니, 하고 묻고 싶었지만 그 말은 묻지 못했다.

한참 있다가 소년은 다시 이렇게 물었다.

'너는 이런 나를 지켜보고 있니?'

'보고 있어, 오빠.'

'전부터 궁금했던 게 있어. 나는 어릴 때부터 지금까지 어디서든 늘 혼잣소리로 말해. 할머니는 이런 나의 말을 듣는 하늘의 눈과 귀가 있다고 말했어. 그게 정말 네가 있는 곳에 있는 거니?'

'있어, 오빠.'

'영숙아…….'

'응…….'

'지난여름 장마 때, 비까지 내리는 저녁답에 너는 무엇에 이끌려 여기 뒷내까지 왔던 거니?'

그 말을 묻고 나자 비로소 소년의 눈에 한 줄기 눈물이 흘렀다. 이내 그날의 비처럼 주룩주룩 눈물이 흘러내렸다.

'…….'

영숙이는 대답하지 않았다.

'우리 할머니가 불러냈니?'

'……'

그 말에도 영숙이는 대답하지 않았다.

강으로 흐르던 시간마저 막혀 버린 것처럼 가슴이 먹먹해져 왔다. 친누이는 아니지만, 하늘과 땅의 일로 맺어진 명어머니의 딸, 명누이를 잃고 한 소년이 노을 속에서 울고 있었다. 어릴 때 이 강은 아니지만, 앞 강 방죽에서 강물 가득 밀려오는 은어 떼에 놀라 울던 아이였다. 소년은 누이의 손을 잡듯 물속에 손을 담갔다.

'자무 오빠, 울지 마……'

영숙이가 말했다.

'……'

이번엔 소년이 대답하지 않았다.

'자무 오빠, 울지 마……'

울면서 영숙이가 말했다.

그런 영숙이의 울음을 마주하듯 소년도 어둠 속에서 그칠 줄 모르고 울고, 뒷내의 물은 검은색으로 흘러 흘러서 바다로 나아가고 있었다.

13

영숙이를 보러 뒷내로 나갔던 가을부터였을 것이다. 소년은 학교로 가는 길에 슬그머니 빠져 할머니 산소로 갈 때가 많았다. 동무도 없이 종일 할머니와 함께 시간을 보냈다. 거기라면 들고 온 가방을 상석 위에 내려놓듯, 이 세상의 모든 시간에 대해서도 그냥 손을 놓듯 탁 놓아도 아무런 미련이 없을 것 같았다. 그 모든 것에 대해 한 번도 세호를 통해 할머니에게 무얼 말하거나 할머니의 말을 따로 듣지도 않았다. 차마 그 말만은 할머니에게 물을 수 없었다. 그 밖의 일들은 세호 없이도 그냥 산소 앞에 서면 할머니가 다 말해 주는 것 같았다.

'할머니…….'

'왜 그러느냐?'

'영숙이는 어디 있나요?'

뒷내에 나가서도 듣지 못한 대답이었다.

'할머니였나요?'

'……'

'할머니. 그날 장대처럼 비가 쏟아지는 저녁답에 영숙이를 데려간 게 할머니였나요?'

'……'

'대답해 주세요, 할머니.'

'자묘야.'

'예, 할머니……'

'아니란다, 자묘야.'

'그 아이는 비 오는 저녁에 강으로 갔어요.'

'안다.'

'할머니가 제가 가야 할 자리에 그 아이를 데리고 갔나요?'

'아니란다.'

'그럼 무엇이었나요?'

'그 아인 그 아이 시간으로 온 게야. 아직 네 시간도 아니고.'

'할머니……'

'말해라, 자묘야.'

'나는 할머니가 나 대신 부른 줄 알았어요.'

'아니란다. 세상에 그런 어른은 없는 법이지. 마을 뒤에 있어서 사람들 발길이 앞 강만큼 없어서 그렇지 뒷내는 무서운 강이 아

니라 순한 강이란다. 거기에 아이를 불러들일 어른은 없단다.'

'영숙이는 빗속에 무슨 마음으로 혼자 거기에 갔나요?'

'그건 이다음 네가 여기에 와 물어보렴.'

'여기서 뒷내가 안 보여요. 바라보면 앞 강도 참 멀고요. 햇빛이 하얗게 부셔서 이 세상 아무것도 안 보여요.'

'자묘야…….'

'예…….'

'너는 강으로 가지 말고 어여 집으로 가…….'

그렇게 할머니 말고도 한 아이를 마음에 묻었다. 지나가는 바람 속에, 햇빛 속에 혼자 눈물을 글썽이는 법을 그해 봄과 여름에 소년은 배웠다. 정말 햇빛이 너무 하얘서 아무것도 보이지 않는 여름이 열두 살 소년의 머리 위로 지나가고 있었다.

14

가을도 소년의 머리 위로 느리게 지나갔다.

구름도 느리고 바람도 느렸다.

천천히 지나가는 가을의 꼬리를 자르듯 어떤 나무엔 미처 단풍이 들기도 전에 두운령에 눈이 내리기 시작했다. 많은 눈이 두운령에 내리고 쌓이며 겨울이 지나갔다.

쌓인 눈이 조금씩 녹으며 봄이 왔다.

소년의 나이 열세 살이 되었다.

소년은 마을에서 멀리 떨어져 있는 시내 중학교에 입학해서도 할머니를 잃고 영숙이를 떠나보낸 지난해처럼 학교에 가지 않는 날이 많았다. 그렇게 해도 집에는 말리는 사람도, 야단을 치는 사람도 없었다. 소년의 몸도 커지고, 몸 안에 늘 작은 모습으로만 있던 마음도 함께 자라서 커진 걸 소년 스스로 느낄 수 있었다.

소년은 동네 아이들과 학교로 가는 길에 슬그머니 뒤로 빠져 마을 안쪽에 있는 할머니 산소로 올라갔다. 살아생전 할머니가 늘 역마를 걱정하던 아버지는 일 년 탈상을 마치고 봄이 되자 다시 자기 길을 가듯 집을 나갔다. 할머니 산소에 가면 혼자여도 심심하지 않았다. 앞으로 나는 자라서 무엇을 하나, 무엇이 되나, 미래에 대한 희망이나 두려움이나 궁금증 같은 것도 없었다. 멀리 두운령을 바라보면서도 그 너머엔 어떤 세상이 있을까, 그런 것도 궁금하지 않았다. 때로는 그러는 모습이 스스로에게도 낯설게 느껴질 만큼 예전과 다르게 겁이 없어졌다. 점심때가 되면 그곳에서 할머니와 이야기를 하며 도시락을 먹었다.

한 번 그러기 시작하면 사흘이고 나흘이고 계속 그러기도 했다. 결석을 한 다음 날 학교에 가면 선생님이 호되게 나무랐다. 무섭거나 두렵지도 않았다. 소년은 다음 날 다시 학교에 가지 않았다. 그렇게 일주일쯤 빠졌다가 다시 학교에 간 날 선생님이 교무실로 소년을 불렀다.

"하루 이틀 결석도 아니고, 너는 학교가 싫으냐?"

"예."

겁이 없어진 소년은 많은 선생님들 앞에서조차 망설이지 않고 대답했다.

"뭐? 학교가 싫어?"

"예."

"이것 보게. 이놈이 겁이 없구나."

그건 소년이 더 잘 알았다. 스스로 느끼기에도 한때 병약했던 시절의 몸과 마음이 아니었다. 몸도 자랐지만 마음도 언제든 가방을 탁 내려놓듯 다른 것도 그렇게 내려놓을 수 있다고 여겼다.

"그런데 왜 다니는 거냐?"

"할 수 없이요."

"뭐? 할 수 없이?"

"예."

선생님은 허, 하고는 기가 막혀 말이 나오지 않는다는 표정을 지었다.

"너하고는 얘기가 안 되겠구나. 아버지를 모셔 오너라."

"아버지는 집에 안 계세요."

"그럼 어머니 모시고 와."

부모를 데리고 오라고 해도 소년은 그런 얘기를 어머니에게 전하지 않았다. 그걸 어머니에게 전한 사람은 그가 며칠째 결석을 하던 날 소년의 반 담임 선생님의 부탁을 받은 같은 동네의 다른 반 아이였다.

그 일로 어머니가 학교에 불려 갔다 온 다음 소년은 이제 어머니도 아는 일이라 아예 집에서부터 학교를 가지 않는 날이 많았다. 시내에 있는 중학교는 매일 집에서 걸어 다니기에 너무 멀었다. 멀리 두운령 아랫마을에서 시내 중학교까지 아침저녁으로 시오 리 길을 걸어 다녀야 했다. 큰 산 아래 깊숙한 곳에 있는 마을이라 버스는커녕 전기조차 들어오지 않았다.

매일 무거운 가방을 들고 먼 길을 오가는 것도 소년에겐 그다지 의미가 느껴지지 않았고, 무엇보다 학교에 가도 재미있는 일이 없었다. 결석이 잦아서인지 반 친구들과도 그다지 친하지 않았다.

자꾸 시키니 억지로 하긴 해도 공부를 왜 해야 하는지 이해할 수 없었다. 할아버지나 마을 사람들 모두 공부를 하지 않아도 자기 일을 하며 잘 살고 있었다. 오히려 공부 때문에 자기 일을 못하는 사람은 아버지였다. 아버지가 밖으로 도는 것에 대해 사람들은 배운 사람이 그냥 있기엔 두운령 아래 아버지의 터전이 좁고 갑갑해서 그런다고 했다.

여름 방학이 끝난 다음 가을 학기가 되었을 때 소년은 아예 학교에 가지 않았다. 평생 너른 들에 농사를 지어 온 할아버지도 크게 야단치지 않았다. 어머니도 나무라듯 타이르기만 할 뿐 매를 들거나 억지로 끌어내지 않았다.

"애들이 아무리 말을 듣지 않더라도 매를 들어 억지로 말을 듣게 하지 마라. 그러면 애들이 마소와 같아져 사람 말을 듣지 않고 매의 말을 듣는다. 안에서 귀하게 대접해야 밖에 나가서도 귀하게 대접받고, 천지간의 것들도 저 아이들을 귀하게 대접한다."

할머니가 어머니에게 늘 했던 말이었다.

어머니는 아들이 이다음에 무엇이 되려고 저렇게 학교조차 싫어하는지 모르겠다며 깊은 한숨을 쉬었다. 때린다고 얌전히 맞을 소년도 아니었다.

"네가 왜 이러느냐? 아버지는 나가 있고, 내 힘으로는 너를 어쩌지도 못하겠고. 정말 이러다가 말 참이냐?"

소년도 자신이 왜 그러는지 몰랐다. 그런 날이면 종일 할머니 산소에 가 있다가 돌아왔다. 가끔 뒷내로 나갈 때도 있었다. 가서 오래도록 강가에 앉아 영숙이와 이야기를 하고 돌아왔다. 그러면 누구의 것인지, 어디에서부터 시작된 것인지 모를 생의 설움 같은 게 조금은 씻기는 것 같았다. 그러나 이내 그것이 다시 가슴속에 차올랐다.

15

그러던 어느 가을날 예전에 할머니가 오래 다니던 절의 스님이 집으로 찾아왔다. 오래도록 두운령 아래 보은사에 있다가 몇 년 전 산 하나를 넘어 은월산 아래에 개산*해 나온 은덕사의 텁수염 검은 스님이었다.

스님은 같은 날 깎아도 머리보다 수염이 더 먼저 까매졌다. 스님은 사립문을 밀고 마당 한가운데 들어서면 '나 오랜만에 왔소.' 하고 알리듯 목탁을 두드리며 경문을 외기 시작했다. 그럴 때는 식구들은 방에 있어도 문틈으로 내다보기만 할 뿐 왔느냐고 기척을 하는 법이 없었다.

경문 외기가 끝나면 스님은 식구 중에 누가 맞이하고 끌어당기지 않아도 제자리를 찾아 앉듯 봉당 위에 털썩 엉덩이를 붙이고

* **개산** 산을 연다는 뜻으로 그 산에 절을 새로 짓는다는 말.

앉았다. 그러면 방에서든 부엌에서든 어머니가 문을 열고 나갔다. 예전에는 할머니가 안방 문을 열고 나가 "아이구, 우리 시님께서 누옥에 오셨네." 하고 맞이했다.

"그동안 이 댁도 다 평안하셨지요?"

할머니가 돌아간 다음에도 스님은 소년의 집에 오면 스님처럼 묻지 않고 오랜만에 집 앞을 지나가다가 들른 친척처럼 안부를 물었다.

"우리야 늘 그렇게 지냅지요. 스님도 그간 별고 없으셨지요?"

어머니도 스님에게 합장 인사를 해도 스님에게가 아니라 오래 집을 드나드는 할머니의 친척에게처럼 인사했다. 실제로 스님은 돌아가신 할머니의 가까운 친척이라고 했다. 스님도 이 집 식구를 대하는 게 스스럼이 없었다.

할아버지도 스님이 오면 "오셨는가?" 하고 높은 말도 낮은 말도 아니게 말 허리를 자르고 편하게 대했다. 스님은 절에 들어가 살기 전인 어린 시절부터 소년의 집에 자주 왔었다고 했다.

"중이 절에 불만 나지 않으면 뭐 별고랄 게 있겠습니까?"

스님이 오자 소년도 제 방에서 마루로 나와 인사했다.

"아저씨 오셨어요?"

"그래. 자무도 잘 지내나?"

스님도 동네 사람들이 부르는 이름으로 소년을 불렀다.

"예."

"그런데 이놈아는 아직도 날 보고 아저씨라고 하네."

"아저씨니 아저씨라고 부르죠."

"얼래, 얘 보게. 네 앞에 앉아 있는 사람이 중이니 스님이라고 불러야지. 그렇게 부르기 싫으면 그냥 땡중이라고 부르든가."

"에이, 그래도 나는 아저씨를 스님보다 아저씨라고 부르는 게 좋아요."

"허허. 어릴 때부터 절에 오면 아저씨, 아저씨 하고 따라다니더니만 여전히 그러네. 그런데 너는 오늘 학교 안 갔나? 아니면 벌써 갔다 왔나?"

"저 이제 학교 안 가요."

"얼라, 학교꾼이 학교를 안 가야?"

"예."

소년은 어머니 앞에서 그 얘기를 길게 하기 싫어 그쯤에서 도로 방으로 들어가 버렸다. 마루에서 어머니와 스님이 한참 무언가를 얘기했다. 돌아가신 할머니 얘기도 하고, 일꾼을 데리고 논에 나간 할아버지 얘기도 하고, 집을 나가 길 위에 있는 아버지 얘기도 하고, 지난 한 해 농사 얘기도 하다가 스님이 다시 소년을 방에서 불러냈다.

"자무야. 이리 와 봐라. 나하고 얘기 좀 하자."

소년은 다시 마루로 나왔다.

"너, 아예 학교를 그만뒀나?"

"예."

"이제 다시 안 가나?"

"예."

"그래. 뭐 그만하면 장부가 큰 뜻 품었네."

"……."

"얘가 얼굴이 붉어지는 걸 보니 내가 하는 말이 농인 줄 아는가 보네. 농이 아니다. 원래 장부는 그런 큰 뜻부터 품어야 한다. 옛날에 여기서 태어난 범일 스님, 낭원 스님 모두 그렇게 큰 뜻을 품고 출가해 나라의 국사가 되고 대사가 되었다. 그래야 다음에 뭐가 되어도 되지."

그 말에 소년의 흰 얼굴이 더욱 붉어졌다.

"학교도 그만뒀으니 너도 이제 더 큰 뜻 품고 출가해도 되겠네. 그자?"

"……."

"그거야 여러 말할 거 없고, 너 학교도 그만뒀는데 이래 집에 있으니 갑갑재? 그렇다고 아버지처럼 여기저기 휘휘 돌아다니지도 못하고 갑갑키도 할끼라."

"……."

"그래서 시방 어머니하고도 얘기했는데, 너 오늘 내가 여기 온 김에 나하고 우리 절에 좀 가 있지 않을라나?"

"아주 머리 깎고요?"

"시방도 깎았는데 뭐 더 깎을 게 있겠나?"

"이건 학교 때문에 깎은 거고요. 이제 기를 거예요."

"그건 네 마음대로 하고. 학교 안 가고 집에서 아무것도 안 하고 그냥 있는 것보다 거기 가서 이것저것 뭐라도 하는 게 낫지 않겠나?"

소년은 스님보다 어머니의 얼굴을 보았다. 어머니가 가만히 고개를 끄덕였다. 소년은 좋지도 싫지도 않았다. 그렇지만 거기에 가 있는 게 학교에도 가지 않고, 그렇다고 집안일 무엇 하나 거드는 것 없이 할아버지와 어머니 얼굴을 봐야 하는 것보다는 나을 것 같기도 했다.

할머니가 살아 있을 때는 겨울마다 닷새나 열흘가량 절에 머물다가 오기도 했다. 할머니와 함께 가 있기도 하고, 할머니와 같이 갔다가 혼자 여러 날 남아 있기도 했다. 동지 바로 지나서거나 설 바로 전이었다.

"가면 여기보다 더 깊은 산중이라 갑갑키는 매한가지겠지만, 그래도 여기 집에 있는 거보다는 마음이 덜 갑갑할끼라. 내가 여기 아래 마람집에 일 좀 보고 올 테니 그동안 너도 준비하고 기다

려라."

스님이 말한 마람집은 소년의 집에서 언덕 아래로 내려가 아랫마을로 가는 길 중간에 있었다. 마을의 논들 가운데 보은사가 주인인 논이 제법 있었다.

거기에는 전설 같은 이야기가 있다. 아주 옛날에 두운령 너머 동쪽에 많은 땅을 가진 부자가 있었다. 그 부자는 절에 불공을 드려 아들을 얻었는데, 그 아들이 몇 번이나 목숨이 위태로울 때마다 부처님이 나타나 연잎 위에 앉은 물을 떠먹여 살아났다고 했다. 부자는 부처님의 은혜를 갚기 위해 자신이 가지고 있는 많은 전답 중에 그래도 절에서 가까운 이곳의 땅을 시주했다. 그게 언제부터였는지는 마을 사람들도 잘 몰랐다. 그 땅이 아랫마을 앞 강을 따라가며 양쪽 옆으로 죽 이어졌다.

부처님에게 은혜를 갚기 위해 바친 땅이라는 뜻으로 '납은평'이라고 불렀다. 그것이 오랜 시간이 지나며 '나분들'이 되었다. 나분들에 물을 대기 위해 앞 강 중간에 돌과 나무로 큰 보를 막았다. 보의 이름도 중들이 주인인 논에 물을 대는 보라고 해서 '중의보'라고 불렀다.

마람집은 예부터 절의 논인 나분들의 소작을 관리하는 마름집이었다. 납은평이 나분들이 되는 동안 마름집은 마람집이 되고, 중의보는 주어보가 되었다. 소년은 할머니로부터 어릴 때부터 나분들에 대한 얘기도 듣고 마람집에 대한 얘기도 들었다.

"소작이라는 게 원래 가혹해서 땅임자 반, 짓는 사람 반 나누는 반지기를 해도 이런저런 구실을 대 땅임자들이 언제나 일곱을 가져가고 짓는 사람은 씨 값이 드니까 셋을 가져가기 어려웠지. 그래서 아예 일 년에 얼마 하고 도지를 정하는데, 그것도 여간 과한 게 아니어서 과하다고 하면 그러면 마라, 너 말고도 그 땅 지을 사람 많다, 하고 논을 떼니 그러지도 못하고. 그런데 나분들 소작은 거기 비하면 부드럽고 말고였거든."

할머니가 손자를 데리고 하는 말이어도 다음 말을 묻는 것은 이미 그 일을 잘 알고 있는 소년의 어머니였다.

"절에서는 어떻게 정하는데요?"

"나분들은 논마다 일 년에 얼마 하고 미리 도지를 정하는 게 아니라 가을에 농사를 다 지은 걸 절의 시님들이 둘러보고 나서 부처님 저울로 정하거든. 흉년이면 흉년인 대로 절이 받아야 할 몫을 감해 주고, 풍년이면 풍년인 대로 덜 받아도 다른 해 반지기보다 더 나으니까 또 너그럽게 대하고. 그래서 마을에 소작하는 사람들 모두 나분들에 짓고 싶어 애를 썼지. 그러니 마람집 권세도 부처님 상투 끝에 닿고."

"할머니. 부처님이 상투가 어디 있어요?"

소년이 말하면 할머니는 또 소년에게 말했다.

"너는 아직 몰라서 그렇지 저기 멀리 오대 끝에 상원사에 가면 문수보살님 옆에 네 나이만 한 문수 동자님이 앉아 계시단다. 가서 보면 문수 동자님은 아직 나이가 어리시니까 아이들처럼 머리 양쪽 위로 갈래머리를 상투처럼 묶고 계시지."

할머니로부터 처음 그 말을 들었을 때 소년은 꼭 한번 그 절에 가서 자기와 나이가 비슷한 문수 동자의 갈래머리를 잡아 보고 싶었다. 서로 씨름하듯 잡는 것이 아니라 친구처럼 어린아이들끼리 그러고 나면 서로 말을 하지 않아도 마음이 같아질 것 같았다. 더구나 문수 동자는 어린 부처님이니 소년의 가슴속 말을 다 들어 주고, 할머니가 빌지 않더라도 하늘의 눈과 귀와 손 들도 막아 줄 것 같았다. 소년은 은덕사에 가서 부처님을 볼 때도 늘 한 번도 보지 못한 문수 동자의 갈래머리 생각이 났다. 그러나 그곳은 너무 멀었다. 차를 타고 두운령을 넘어서도 다시 하루는 꼬박 걸어 들어가는 곳이었다.

할머니는 또 매년 가을 나분들의 소작을 정하는 방식에 대해서도 얘기했다.

"그것도 예나 지금이나 똑같이 가을에 추수를 앞두고 절의 시님 둘이 내려와서 마람집 양반과 함께 나분들 전체 농사를 찬찬히 둘러보면서 논마다 그해 소작료를 얼마 받을지 정하지."

소년도 스님들이 논마다 소작료를 정해 주는 모습을 보았다. 그날이면 새벽같이 절에서 떠난 스님들이 마을로 내려왔다. 아직 논둑의 풀과 벼 이삭에 맺혀 있는 이슬이 걷히기 전이었다. 강 왼편의 논부터 먼저 둘러볼지 오른편의 논부터 먼저 둘러볼지 해마다 나분들 농사를 짓는 사람들 사이에 작은 다툼이 있었다.

"아침 볕에 벼 이삭이 이슬을 머금고 있으면 같은 논도 낟알이 무겁고 실하게 보이는 게 농사가 더 잘된 거 같거든. 그러다 이슬이 걷히면 볏짚도 푸석하고 낟알도 거뿐하게 보이니 강 이편저편 갈라져서 서로 저쪽 먼저 둘러보라고 하는 거지. 시님들도 그걸 알고 한 해는 이편부터 먼저 둘러보고, 다음 해는 저편부터 먼저 둘러보면서 정하지만 어느 해도 다 부처님 저울로 정하시는 게지."

꼭 가을걷이 때가 아니더라도 스님들이 내려오면 마을 사람들이 좋아했다. 그래서 어느 해는 나이 든 스님이 마을 사람들이 권한 술에 몸을 이기지 못해 젊은 스님의 부축을 받으며 석양에 휘적휘적 절 쪽으로 올라가다가 마을 끝 집에서 잠을 자고 다시 새벽에 올라가기도 했다. 마을 전체에 절의 기운이 안 미치는 곳이 없었다.

그러나 턱수염 검은 스님은 이제 그 절에 있지 않았다. 그곳에서 산을 하나 넘어 뚝 떨어진 곳에 새로 절을 지어 개산해 나오며 보은사로부터 납은평의 논 스무 마지기를 따로 받았다고 했다. 은덕사의 턱수염 검은 스님은 절이고 나라고 다 어렵고 어지럽던 시절에 일본 사람들이 보은사 주지 스님을 억지로 대처*시켜 화택* 에서 낳은 아들이라고 했다. 소년이야 그랬는지 안 그랬는지 알 길 없는, 마을 어른들의 말이었다. 할머니는 그렇게 말하지 않았지만 마을 사람들은 스님이 할머니의 배다른 여동생의 아들이라고 했다.

* **대처** 부인을 얻음.
* **화택** 불이 일어난 집이란 뜻으로 속세의 집.

16

어머니는 소년에게 가방 대신 아버지가 젊은 시절 며칠 여행을 다닐 때 메었던 배낭에 짐을 꾸려 주었다. 그곳 절에 가서 입을 옷들이었다. 소년은 배낭 안에 학교에서 쓰다가 만, 몇 권의 공책과 필통, 주머니칼과 손톱을 챙겨 넣었다. 주머니칼과 손톱으로 소년은 나무를 베고 깎아 팽이도 만들고 바람개비도 만들었다. 할머니 산소에 가서도 주머니칼 하나면 하루가 심심하지 않았다. 할머니 산소에는 소년이 대나무를 얇게 쪼개 만들어 꽂아 놓은 바람개비도 많았다.

절은 소년이 사는 마을에서 두운령 쪽으로 두 개의 마을을 더 지나야 했다. 어른들 걸음으로도 세 시간이 족히 걸렸다. 절 아래 마을에서 절로 올라가는 산길에 이르자 온 산이 우르릉, 하고 나무가 넘어가며 우는 소리가 들렸다.

"저 봐라. 사람들이 멀쩡한 산을 다 잡는구나."

스님이 흙빛이 된 얼굴로 길옆에 바랑을 내려놓았다. 소년도 그 옆에 배낭을 내려놓았다. 우르릉, 하고 산이 우는 소리는 저쪽으로 두세 개의 산을 넘은 곳에서 벌목꾼이 산판을 하며 하늘의 기둥 같은 아름드리 생소나무를 베어 쓰러뜨려 넘기는 소리였다.

"한번 베면 몇 나무나 베어요?"

"산판이라는 게 한번 벌이면 아무리 적게 베어도 오천 본은 베지."

"오천 그루나요?"

"그냥 오천 본만 베고 마나. 허가는 오천 본 받고 실제로는 만 본도 넘게 베어 넘기지. 만 본을 베라고 하면 이만 본 베어 넘기고. 저렇게 산을 쿵쿵 울리면서."

"누가 베는 거예요?"

"목상이라고 나라에서 허가받은 나무 백정이 와서 베는 거다. 옛날 사람들은 나무 한 그루를 베도 저렇게 베지 않았어. 저기 있는 나무들은 저마다 이백 년, 삼백 년 시간을 먹은 나무인데 그런 나무를 하루에 백 그루, 이백 그루, 수도 없이 베어 젖히니 산이 왜 안 울겠나?"

"옛날에는 어떻게 베었는데요?"

소년 생각에도 뭔가 저렇게 마구잡이로 나무의 멱을 따고 발을 베어 내듯 베지는 않았을 것이다.

"절에 쓸 나무 한 그루를 벨 때도 벨 나무를 지목하면 그 나무에 끈을 매어 옆에 서 있는 다른 나무와 연결해 묶어 주고, 벨 나무의 혼이 옆의 나무로 옮겨 가라고 미리 말해 주지. 그런 다음 벨 때도 나무 앞에 재를 지내고."

"나무한테 재를요?"

그건 소년이 생각하지도 못한 일이었다.

"너도 생각해 봐라. 죽어서 절 기둥에 쓰이고 대궐 기둥에 쓰이면 뭘 하겠나? 아무리 말 못 하는 나무라지만 봄마다 잎 내고 가지 내고, 솔방울 달고 사는 게 낫지, 아직 몇백 년은 더 살 생목숨이 톱에 베어져 죽는 게 왜 억울하지 않겠나? 다 사람들 욕심과 편리를 위해 목숨을 잃는 건데."

"나무한테 재를 지내면 나무를 벨 때 옆에서 경문도 외워요?"

"절에 쓸 재목 벨 때는 그렇게 하지. 사람도 산의 짐승도 나무도 살아 있는 건 다 마찬가지다. 죽으면 또 모두 다 저세상으로 가서 다시 나무로 태어나든 풀로 태어나든 사람으로 태어나든 하는 거고. 느 할머니도 그렇고."

"아저씨."

"와?"

"아저씨가 그런 말을 하면 아저씨 같지 않고 정말 스님 같아 보여요."

"얼래, 애가 시방 늙은 중을 가지고 노네."

"아저씨가 늙었어요? 그렇지만 지금 한 말 정말이에요."

소년은 스님의 그런 모습을 처음 보는 것은 아니었다. 몇 년 전 겨울, 열흘쯤 절에 와 있을 때 소년은 눈 내리는 밤에 아름드리 소나무가 눈 무게를 이겨 내지 못하고 온 산에 따아아악, 하고 비명을 지르며 부러지는 소리를 들은 적이 있었다. 그 소리가 너무 커 소년이 잠을 자다 놀라 깨었을 때 옆에 누워 있던 턱수염 검은 스님도 자리에서 일어나 몇 번이고 나무아미타불과 지장보살을 불렀다.

그 밤에도 스님은 늘 보던 아저씨 같지 않고 정말 스님 같아서 소년도 함께 이불 속에서 지장보살을 아홉 번 불렀다. 그러면 어떤 목숨도 극락으로 옮겨 간다고 했다. 바다의 고래만큼 몸집이 큰 고래바위도 벼락에 몸이 반 갈라질 때 누군가 지장보살을 불러 주면 바위의 영혼이 극락으로 옮겨져 간다고 했다.

그건 스님이 알려 준 말이 아니라 동네 벼락바위 앞에서 할머니가 가르쳐 준 것이었다. 소년은 그날 밤 부러지며 비명을 지르던 그 나무는 분명 극락에 가 또 한 그루의 낙락장송으로 서 있을 것이라고 생각했다.

"저 산판꾼들은 나무 베기 전에 저희들 몸만 다치지 않고 동티 나지 않게 해 달라고 마른 명태 몇 마리 실타래에 묶어 놓고 산신제 한 번 올린 다음, 가을부터 겨우내 저렇게 베어 대니 산도 울고 나무도 울고 그러는 거지."

"그런데요 아저씨."

"와?"

"우리 옆 반에요, 시내 도살장 옆에 사는 애가 있는데요. 걔가 직접 말해 준 건 아니고 다른 애가 말해 준 건데요. 걔 아버지가 스님은 아닌데 소를 잡을 때마다 도살장에 가서 스님들이 입는 옷을 입고 경문도 외고 그런대요. 그러면 도살장에서 나중에 그 집에 고기를 가져다주고요. 그것도 나무 벨 때 올리는 재와 같은 건가요?"

"얘기를 들어 보니 강회 양반 아들이 너하고 같은 학교를 다니는 모양이구나."

"강횐지 누군지 그건 모르고요. 스님 옷을 입고 경문 읽은 사람이 그런 거 막 받아먹어도 되어요?"

"그런 게 궁금하면 앞으로 머리 깎고 절 공부를 하면 되는 거고, 아직 네가 모를 넓은 세상일이 궁금하면 다시 학교에 가서 세상 공부를 하면 되는 거지."

"아저씨가 아무리 그렇게 말해도 나는 학교는 다시 안 가요. 절에도 아주 가서 살지 않고요."

"그거야 네 마음이 하고 싶은 대로 하면 되는 거지, 누가 억지로 시킨다고 되는 일도 아니다. 자, 쉬었으니 또 가자."

스님이 끌러 놓은 바랑을 메자 소년도 배낭을 메려고 끈을 잡았다. 소년은 스님이 저렇게 말할 때마다 어머니와 스님이 따로 자기를 학교로 보낼 얘기를 한 게 아닌가 하는 생각이 자꾸 들었다.

"그 안에 뭘 쓸 만한 공책하고 연필은 가져왔나?"

"예. 그렇지만 학교 책은 안 가져왔어요."

"가져와도 널 가르칠 사람도 없다. 그렇지만 네가 지금 산에 왔고 나무 얘기가 나왔으니 지금부터 산에 대한 숙제 하나 해야겠다."

"어떤 숙제요?"

"네가 보기엔 지금 이 산에 어떤 나무들이 살고 있는 거 같으냐?"

"소나무도 있고, 갈나무도 있고, 단풍나무, 아까시나무도 있고요."

"벌써 네 개나 이름을 댔네."

"싸리나무도 있고, 붉나무도 있고요."

"그럼 그것까지 포함해서 지금부터 절로 올라가는 길 양편에 있는 나무 이름 스무 개만 공책에 적어 봐라."

"모르는 나무 이름은 어떻게 적어요?"

"그건 나한테 물어보고."

"아저씨는 여기 산에 있는 나무 다 알아요?"

"다 알지는 못하지만, 자무보다는 많이 알지."

그날 소년은 길옆의 느티나무부터 시작해 언덕 아래 계곡의 버드나무, 빨간 열매의 아그배나무, 또 빨간 열매의 찔레나무, 그다음부터는 스님에게 물어서 이름을 안 까치박달, 난티나무, 황철나무, 느릅나무, 비슷하게 생긴 잎에도 줄기가 흰 자작나무와 줄기가 갈백색인 거제수나무, 산벚나무, 나무 중에서도 몸이 가장 단단해 다듬잇방망이와 수레바퀴를 만들 때 쓴다는 박달나무, 탄력이 좋아 도낏자루와 도리깻열로 사용하는 물푸레나무, 나무껍질로 밧줄을 만드는 피나무, 예전에 할머니가 가지를 꺾어 와 귀신 들어오지 말라고 사립문에 걸어 두던 음나무, 대문 앞에 심으면 병이 들어오지 못한다는 다릅나무, 빨간 열매를 맺고 있는 야광나무와 마가목, 산누에들이 먹고 실을 뽑는 산뽕나무, 껍질을 벗겨 종이를 뜨는 닥나무, 마디마다 층층을 이루는 층층나무의 이름을 적었다.

그렇게 적고 나니 전나무와 주목과 이팝나무와 조팝나무와 산수유나무 말고도 집 안팎으로 할아버지가 심은 감나무, 밤나무, 배나무, 사과나무, 자두나무, 모과나무, 호두나무, 앵두나무, 포도나무, 매화나무, 살구나무 등 과일나무 이름이 한꺼번에 막 떠오르듯이 생각났다.

"이렇게 나무 이름은 적어서 무얼 하는데요?"

"다 쓸데가 있으니 하라는 거지. 또 산에 오면 누구든 산에 있는 나무 공부하는 게 당연하지 않나? 학교에 가면 교실에서 같이 공부하는 친구들 이름을 아는 것처럼 말이지. 이제 절에 가면 네 친구는 덕구 보살이 키우는 마당너구리*하고 나무들밖에 없는데."

"나무 이름을 적어 어디에 쓰려고요?"

스님은 이곳으로 처음 절을 지어 나올 때, 이 세상에 수많은 절 가운데 또 하나의 절집을 지으면서 다른 절과 다르게 이것 한 가지만 꼭 하자고 결심했다고 한다.

"나는 말이다." 하고 스님이 말했다.

"어릴 때 화택 마당가에 아름드리 감나무가 있었는데, 이게 늙어서 감도 제대로 열리지 않고 그러니까 사람들이 그걸로 농을 짠다고 베었어. 그걸 옆에서 보았는데, 어른들이 슬근슬근 톱질할 때 태어나 처음으로 나무가 우는 소리를 들었단다."

소년은 그 말을 이해할 수 있었다. 소년이야말로 다른 사람들이 듣지 못하는 소리를 듣고 문득문득 고개를 돌릴 때가 있었다. 어쩌면 스님이 들은 나무의 울음소리도 그런 것인지 모른다.

"다른 사람은 못 듣고 나만 들었던 건데 이상하게 그 후로도 나무가 베어져 넘어간 곳에 가면 나무 우는 소리가 들렸어. 그래서 나중에 나도 자라면 우리 아버지처럼 절로 갈 것이고, 절로 가면 다른 건 하지 못하더라도 사람들 욕심 때문에 제명대로 살지 못하고 죽은 나무들 천도를 내가 해야겠다 생각했지."

* **마당너구리** '개'를 이르는 말.

그건 전에 듣지 못한 소리였다. 할머니도 스님에 대해 그런 말은 하지 않았다.

절에 올라가니까 새로운 강아지 한 마리가 먼저 있던 백구의 등을 타고 놀고 있었다. 절의 공양간을 맡고 있는 덕구 보살도 반가이 소년을 맞았다.

"니, 징말 학교 치았나? 느 어머이 그런데도 야단 안 치드나? 니 할머이 돌아간 다음 이래 말을 안 듣는기재?"

덕구 보살은 궁금한 것도 많고, 그동안 누구를 붙잡고 하지 못했던 말도 많았다. 덕구 보살도 원래는 보은사에 있던 사람이었다. 턱수염 검은 스님이 개산해 나올 때 스님과 함께 은덕사로 와 공양 살림을 맡았다.

17

그렇게 소년의 넉 달간의 산 생활이 시작되었다. 중간에 이것저것 챙겨 어머니가 두 번 절로 오고, 소년이 한 번 집에 다녀왔다. 그해 가을 소년은 몸에 맞지도 않는 지게를 지고 덕구 보살을 따라다니며 절에서 겨우내 쓸 나무를 하고, 주머니칼로 이것저것 만들고, 눈이 내리면 절에서 아랫마을까지 눈을 치우며 산속에서 나무들과 더불어 나무처럼 살았다.

은덕사의 땔나무는 절대 생나무를 베는 법이 없었다. 가지가 너무 많이 뻗은 소나무의 가지를 쳐 주고, 지난겨울 눈에 부러져 말라 버린 설해목과 수명이 다해 죽은 나무들의 둥치를 잘라 오고 검불을 긁어 왔다.

절에 있는 동안 가장 인상적인 일이 있었다면 동지 바로 전에 치른 은월산 은덕사의 나무 천도재였다. 날이 춥고 흐린데도 스님은 법당 안에 제단을 차리지 않고 절 바깥마당에 몇 날 며칠 동안 소년과 스님이 그린 나무 그림을 제단 앞에 띄운 줄에 촘촘히 접어 붙이고, 제단에도 밥과 떡과 밤과 감과 그리고 그 옆에 커다란 나무 그릇에 나무들이 씨를 떨어뜨리고 뿌리 내리기 좋은 보드라운 흙을 몇 삽 떠올려 놓았다.

그 준비를 스님과 덕구 보살과 소년이 함께했다.

나무 영가의 이름도 먼저 스님이 알려 준 것들과 은행나무, 향나무, 고욤나무, 목련, 라일락 등 다시 소년이 생각해 낸 것들과 노박덩굴, 모감주나무, 화살나무, 노간주나무, 상수리나무, 신갈나무, 굴참나무, 졸참나무, 가래나무, 사시나무, 은사시나무, 서어나무, 오리나무, 사스래나무, 소사나무, 개암나무, 매자나무, 다래나무, 돌배나무, 생열귀나무, 족제비싸리, 회화나무 등 공양간 부엌과 요사채 아궁이에 땔 나무를 하러 다니는 동안 덕구 보살이 알려 준 이름을 모두 다 적었다.

사람이 조금은 어린 듯싶은 덕구 보살은 나무에 대해서는 나무 천도재를 지내는 스님보다 더 많이 잘 알고 있었다.

"와, 신기해요."

겨울이 되어 잎이 다 떨어져 소년의 눈에는 똑같아 보이는 나무들도 덕구 보살은 가지만 보고도 나무들의 이름을 구별해 냈다. 그걸 신기해하면 덕구 보살이 말했다.

"자무야. 이런 건 하나도 신기한 게 아니다."

"왜 신기하지 않아요? 이렇게 나뭇가지만 보고도 나무 이름을 다 아는데요."

"니는 학교 다닐 때 학교 친구들 얼굴과 이름 모르나?"

"알죠."

"이것도 그것과 똑같다. 친구들도 처음 볼 때는 모르지만 자꾸 봐서 아는 것처럼 여기 나무들도 그렇다."

스님과 덕구 보살과 소년이 지내는 나무 천도재가 시작되었다.

"망소나무, 망전나무, 망잣나무, 망느티나무, 망버드나무, 망아그배나무, 망찔레나무, 망박달나무, 망난티나무, 망황철나무, 망느릅나무……"

스님은 그동안 산에 오르내리며 소년이 적은 수십 가지의 나무 이름 앞에 일일이 '망(亡)' 자를 붙여 출석부를 부르듯 이름을 부르고, 소년이 알지 못할 경문을 외고, 목탁을 치고, 종을 울리며 나무 영가 천도재를 올렸다.

"자무야"

"예."

천도재가 끝나 갈 무렵 스님이 불렀다. 소년은 다소곳이 스님 앞으로 갔다.

"이제 거기 종이 하나에 네가 그동안 누구한테 꼭 말하고 싶었는데, 하지 못한 말 있으면 적어서 와라. 공양 보살님도 하나 쓰고요."

"어떤 것도요?"

"그래. 내 안 볼 테니 다 적어 와. 덕구 보살도 그런 말 다 적어 오고요."

"스님도 참……. 같이 그렇게 오래 살았으면서 내가 글씨 모르는 거 몰러요?"

덕구 보살의 말을 받아 다시 스님이 말했다.

"그러면 거기 종이 한 장을 입에 대고 그동안 보살님 하고 싶었던 말을 거기에 다 해 가지고 오세요."

소년도 스님에게 말했다.

"저는 여기에 온 다음 누구에게 하고 싶은 말이 아무것도 없어요."

"자무야."

"예."

"그래도 있을 거다. 할머니에게도 하고 싶은 말이 있고, 어머니에게도 하고 싶은 말이 있고, 친구에게도 하고 싶은 말이 있을 테고……."

소년은 종이를 받아들고 오래 생각했다. 그러자 비로소 거기에 쓰고 싶은 말들이 떠올랐다. 소년은 종이 위에 그 말을 꼭꼭 눌러 썼다.

나는 얼른 어른이 되고 싶습니다.
이 시간들이 빨리 지나갔으면 좋겠어요.
할머니 보고 싶어요.
아버지 얼른 집에 오세요.
영숙아 너는 잘 있니?
지금도 나를 지켜보고 있니?
너를 생각하면 언제나 바람불이재가 떠올라.
은희야, 너도 잘 지내니?

영숙이 아래에 쓴 은희는 할머니 장례 때 보았던 얼굴이 흰 서울 사촌 여동생의 이름이었다. 소년은 두 번 종이를 접어 나무 영가의 그림을 태우는 불 위에 그것을 얹어 놓았다. 그러자 정말 그 말을 할머니와 아버지와 영숙이와 은희에게 그대로 다 전한 듯 마음이 많이 씻기는 기분이 들었다. 덕구 보살도 입에 대기만 하고 아무것도 적지 않은 흰 종이를 누가 볼세라 뒤로 돌아서서 곱게 접어 불 위에 놓았다.

18

절에 와 있느라 동짓날 처음으로 소년은 삼박골 명어머니 집에 가지 않았다.

지난해는 여름에 영숙이가 뒷내에 가 죽었는데도 동짓날 저녁에 삼박골 명어머니가 조금은 눈이 부은 얼굴로 소년을 데리러 왔다. 아마도 소년의 집으로 오기 전 명어머니 혼자 어디에 가서 울고 온 듯했다. 처음엔 소년도 영숙이가 없는 집에 따라가고 싶은 마음이 들지 않았다. 어머니도 할아버지가 시키는 일이라 대놓고 반대를 할 수 없어 그렇지 큰아들에 딸까지 죽은 집에 아들을 보내는 게 썩 내키지 않은 얼굴이었다.

"자묘야."

"예……."

"네가 알아서 하려무나."

"……."

"네가 생각해 가고 싶으면 가고, 가고 싶지 않으면 여기 집에서 동생들하고 자겠다고 할아버지께 말씀드려. 이젠 그렇게 해도 된다."

"아니요. 갈게요……. 할머니 보시는데……."

그러나 할머니는 핑계였고, 오직 한 사람 영숙이를 생각해서였다. 울어서 눈이 부은 채로 자신을 데리러 온 명어머니도 불쌍해 보였다. 소년이 간다고 하자 명어머니의 얼굴이 다소 밝아졌다. 안 가면 명어머니보다 영숙이가 하늘에서 많이 슬퍼할 것 같았다.

가면서 쪽배 같은 반달이 뜬 하늘 아래 수많은 별빛을 머리로 받으며 영숙이와 얼마나 많은 얘기를 나누었는지 모른다. 이야기 중간중간 명어머니가 끼어들어 영숙이와의 대화를 방해하기도 하고, 영숙이가 소년과 명어머니가 주고받는 말을 갈라놓기도 했다.

'영숙아, 여기가 너하고 내가 넘어졌던 곳이다. 너 생각나니?'

바람불이재를 넘을 때 소년이 묻고,

'자무 오빠야, 이제 어디에서도 넘어지지 마라. 내가 불안해서 못 본다.'

영숙이가 대답했다.

그리고 바람불이재를 다 내려왔을 때 영숙이가 말했다.

'자무 오빠야.'

'응…….'

'영해는 몰라도 나는 자무 오빠가 오늘 우리 집에 올 줄 알았다.'

그 밤, 영숙이가 옆에서 함께 걷는 것처럼 그렇게 해 주는 말이 가장 따뜻하게 들렸다.

명어머니 집에 가서도 신발을 일부러 달빛 아래 댓돌 위에 뒤집은 채로 놓아두었다. 영해가 가지고 들어오려고 했지만 소년이 놔두라고 했다. 어디 명부의 눈들과 귀들 모두 내려와 마음껏 입김을 불어 신발을 다시 뒤집어 보라는 심사였다.

"형아……."

"왜?"

"귀신들이 불어서 넘어가면 큰일 나……."

"괜찮아. 안 넘어가."

"그래도 형아……."

영해는 울상이었지만, 소년이 그날 신발을 그곳에 둔 것도 영숙이를 위해서였다. 하늘에서 네가 보라고, 여기 이렇게 네가 살던 집에 와서 댓돌 위에 신발을 벗어 놓고 네가 누워 자던 방에서 잠을 자는 걸 지켜보라고 일부러 그곳에 두었다.

아침에도 신발은 소년이 뒤집어 놓은 모습 그대로 있었다. 영해가 내복 바람으로 나가 보고는 형아 신발이 그대로 있다고 환하게 웃었다.

그게 벌써 일 년 전의 일이었다.

시간이 그렇게 소년의 머리 위로 지나가고 있었다.

"자무야."

"예."

"동지인데, 너 집에 안 가고 싶나?"

아세* 저녁 공양을 올리고 스님이 소년에게 물었다.

"아까 보니 달이 뜨던데요."

"동지하고 달하고는 상관이 없지. 해하고 상관이 있지."

"그건 상관이 없지만, 함께 달을 보면 어디에 있든 마음이 다 보이거든요."

"얼래. 재가 절밥 몇 달 먹더니 시방 화두*를 드네."

"그런 건 모르고요, 아저씨. 우리 할머니 좋은 데 가 계시고, 지난해 여름 뒷내에서 죽은 내 명누이 영숙이도 좋은 데 갔으면 좋겠어요. 그리고 거기에 나무들이 울창했으면 좋겠어요. 꽃 피고 새 울고, 그렇게요."

"그래. 그럴 거다. 자무가 진심으로 바라면……."

"그런데 절에서는 동지에 신발 안 뒤집어 놓아요?"

"허허. 옛날에 화택에서는 그러고 놀았지. 동네 애들하고도 그러고. 남이 뒤집어 놓은 신발을 몰래 가서 도로 뒤집어 놓고 오기

* **아세** 절에서 동지를 이르는 말. 절에서는 동지가 설에 버금간다 하여 '아세'라고 부르며 석가 탄신일 다음가는 행사로 맞이한다.

* **화두** 불교 선종에서 스승이 제자를 인도하기 위해 제시하는 과제를 말로 표현해 주는 것.

도 하고. 자무도 그러고 싶으면 나가서 뒤집어 놓고 와라."

"그러면 아저씨가 도로 뒤집어 놓으려고요?"

"그것도 예전 얘기지. 이젠 그런 흥미도 다 잃어버려서 그러지도 못하지."

"저도 이젠 안 그래도 되어요. 안 그래도 제 신발 내려다볼 사람은 다 내려다보고요."

"그 아이 말이냐?"

"우리 할머니도요."

명어머니 집에서 보내는 동지 밤만 긴 게 아니었다. 절에서 보내는 동지 밤도 길고 길었다.

사람에, 나무에, 하나하나 생각하니 기도하듯 바라게 되는 것도 참 많은 밤이었다.

19

또 하나 소년이 그 절에 있으며 오래 두고 잊지 못할 일이 있었다. 한겨울 허벅지까지 눈이 내린 다음 시내의 사냥꾼들이 절 아래 마을에 와 며칠 머물며 은월산의 멧돼지를 사냥할 때였다. 그 사람들은 허가를 받고 산으로 들어왔다.

스님은 그들의 사냥 마지막 날 덕구 보살을 시켜 소년을 절 아랫집에 데려다주고 그곳에서 저녁을 먹고 오게 했다.

"이것도 여기 와 있는 동안 네가 해야 할 숙제다."

그 숙제가 무엇인지 덕구 보살도 실실 웃기만 하고 왜 그 집에 가서 저녁을 먹고 오라는지 말해 주지 않았다. 소년을 절 아래 끝집에 데려다주고 덕구 보살은 다시 절로 올라갔다.

"밤에 어두운데 억지로 오려고 하지 말고, 여기도 네가 잘 방이 있으니까 자고 내일 아침까지 먹고 올라오너라."

"알았어요."

덕구 보살이 그 집에 떼어 놓을 때까지만 해도 소년은 그렇게 대답했다.

'무슨 이런 숙제가 다 있지?'

아직 알지 못할 호기심도 있었다. 그러다 그 집 식구들과 함께 저녁 밥상을 받고서야 그 숙제가 어떤 것인지 알았다. 아주머니가 차린 밥상 위에 며칠 그 집에서 머물렀던 사냥꾼들이 떼어 주고 간 멧돼지 고기가 푸짐히 나왔다.

어리다고 사람을 놀리는 것도 아니고, 절의 스님이 어린아이에게 이건 무슨 뜻으로 낸 숙제일까 당황스럽기도 하고 놀랍기도 했다. 도무지 숟가락이 움직여지지 않았다.

"먹어라. 많이 먹어라. 너 이거 먹이려고 스님이 일부러 우리 집으로 보낸 거란다."

아주머니가 화로에서 구운 멧돼지 고기를 연신 소년에게 집어 주었다.

"먹어야 해. 스님이 다 깊은 뜻이 있어서 시킨 일이니까."

주인아저씨도 말했다.

마음은 정말 먹고 싶지 않은데, 안 먹으면 안 될 것 같은 분위기가 그 집 방 안에 흘렀다. 삼박골 명어머니 집에 잠을 자러 갔을 때처럼 소년이 안 먹으면 그 집 아이들도 다 안 먹고, 고기를 굽는 아주머니와 아저씨도 소년 하나 때문에 저녁 식사가 어색해질 것 같았다.

핑계처럼 그래서 조금씩 손이 가게 되어 한 점 두 점 구운 고기를 소금에 찍어 먹기 시작했다. 그러자 절에 와 있던 몇 달 동안 고기를 입에 대지 못해 쌓였던 헛헛증과 소증*이 일시에 되살아나는 듯했다. 이제까지 소년이 무얼 먹을 때 할머니가 옆에서 늘 안타깝게 바라보곤 했다. 할머니가 돌아가신 다음엔 어머니가 그랬다.

그날 절 아랫집에 와서 먹은 저녁은 소년 스스로 느끼기에도 참으로 맹렬한 식욕으로 해치웠다. 동네 어른들 말에 소증이 나면 알에서 막 나온 병아리도 달리 보인다더니 식탐도 그런 식탐이 없었다. 그런 모습을 부끄러워하면서도 소년은 아주머니가 구워서 내미는 고기를 다 받아먹었다.

다음 날 아침까지 먹고 올라갔을 때 덕구 보살이 고기는 잘 먹고 왔느냐고, 혼자 먹으니 맛있더냐고 물었다. 소년은 부끄러워 말도 못 하는데 스님이 덕구 보살에게 이제 그만 놀리라고 말했다.

"그 집에 날 왜 보냈는데요?"

소년이 항의하듯 따지자 스님이 말했다.

"나하고 덕구 보살은 어른이어서 그런 거 입에 안 대도 되지만,

* **소증** 푸성귀만 먹어서 고기를 몹시 먹고 싶어 하는 증세.

너는 아직 한창 클 때여서 그런 것도 가리지 말고 먹어야 한다. 그래야 자라며 뼈가 여문다. 여기가 절이고 내가 중이니, 여기 절 마당에서만 먹지 않으면 된다."

"에이, 돌중 아저씨……."

"자무야. 니 그거 이제 알았나? 나 원래부터 돌중이다."

소년은 그러고도 한참 더 씩씩거렸다.

"그라고, 네가 다니던 학교 옆 반에 어느 애 아버지라는 사람, 그 양반 얘기를 들으니 나도 아는 사람 같은데, 그 강회 양반도 아마 그래서 도축장에서 경문을 외고 고기를 얻어 왔을 게다. 그 양반 본인이 아니라 그 집에 너처럼 자라는 애들 먹이려고."

지난번 집에서 절로 올라오는 길에서 소년이 자기 옆 반 어느 애 아버지가 도살장에 가서 경문을 외고 고기 같은 거 막 받아 와도 되느냐고 물었던 것에 대한 대답일 것이다. 스님은 그런 게 궁금하면 절에 눌러앉아 절 공부를 하면 되고, 아직 소년이 모를 넓은 세상일이 궁금하면 다시 학교로 가서 세상 공부를 하면 된다고 했다.

20

설날이 가까워 소년은 집으로 돌아왔다. 그때도 스님이 집에 데려다주었다.

"자무야."

"예."

절에서 마을로 내려오는 길을 소년이 앞에서 걷고 스님이 뒤에서 걸었다. 소년도 이제 앞에서 걸을 때 길 한가운데 나와 있는 돌을 뒷사람을 위해 옆으로 밀어 치울 줄 알았다. 스님이 가르쳐 준 것은 아니었다. 산에 나무를 하러 다니며 덕구 보살이 이렇게 하라고 말로 가르쳐 준 것이 아니라 그냥 그렇게 하는 거라고 발로 가르쳐 주었다.

"너, 집에 가서 나하고 부처님 앞에서 한 약속 꼭 지키는 거다."

"……."

"알았지야?"

"예……."

"그건 너하고 나하고 한 약속이 아니다. 네가 세상의 나무들을 위해 나무하고 한 약속이다."

"……."

"나는 자무가 정말로 이 세상에서 나무를 가장 잘 아는 사람이 되었으면 좋겠다. 그래서 이 세상에서 나무를 가장 잘 지키는 사람이 되었으면 좋겠다."

소년은 꼭 그러겠다고 했다. 그 약속을 나무 영가 천도재를 지내고 한 달쯤 지난 다음, 은월산 전체가 다시 심하게 울던 날 은덕사 법당에서 했다. 꼭 그러겠다고 약속부터 먼저 하고 스님의 다음 말을 들었다.

"그러자면 여기서 하는 산 공부, 절 공부만 가지고는 안 된다. 세상 공부를 해야지."

그 약속을 스님하고 했다. 스님은 그걸 나무하고 한 약속이라고 말하고 부처님과 한 약속이라고 말했다.

"다시 시작해 봐라. 그래 봐야 너는 이제 겨우 열세 살이고, 다시 학교에 가도 너보다 한참 어린 애들과 다니는 게 아니라 네 또래 애들과 학교 다니는 거다. 산에서 세상보다 더 큰 공부를 하며 한 해 쉰 거 부끄러운 거 아니다."

"……."

"자무야."

"예."

"이제 네 마음속에 있던 할머니도 보내 드리고, 비 오는 날 왜 그랬는지도 모르게 뒷내에 나가 잘못된 네 명누이도 다 보내 주어라."

"예……."

대답처럼 마음은 이미 보내고 있었다.

"그리고 잠시 학교를 쉬는 동안 여기 산에 와서 남들은 보지 못한 나무들의 영혼과 나무들의 세상을 봤다고 생각하면 된다."

"……."

"이 돌중이 하는 말 알았지야?"

"죄송해요. 그렇게 말한 거……."

"네가 공부를 안 하면 여기 온 산의 나무가 다 쓰러지고 운다고 생각해라."

"예……."

"자무야."

"예."

"너는 이제 여기 두운령과 은월산의 나무소년이다."

집으로 돌아오는 길 소년은 걸음이 무거운데, 두운령과 은월산 아래의 모든 나무들이 소년을 향해 손을 흔들었다. 다른 사람은 보지 못해도 소년은 바람결에 자기를 향해 손을 흔드는 나무들의 몸짓과 손짓을 보았다. 온 산의 나무가 소년의 마음속으로 들어왔다. 이 세상 누구보다 나무를 사랑하는 은덕사의 스님도 그것을 보았을 것이다.

집으로 돌아온 소년은 다음 날, 자신이 지나온 날들 속에 또 하나의 오랜 숙제를 하듯 노을 질 무렵 앞 강으로 나갔다.

'할머니, 제가 돌아왔어요. 그동안 몸이 약한 저를 잘 지켜 주셔서 감사해요. 그렇지만 이제는 약하지 않아요. 저는 이제 학교로 돌아갈 거예요. 학교 대신 할머니 산소에 가방을 들고 가지 못하더라도 저를 계속 지켜봐 주세요.'

'그래. 이 할미가 우리 자묘를 지켜보마. 시님과 약속한 대로 꼭 훌륭한 사람이 되어라.'

그리고 또 한 사람, 소년이 이름을 불러야 할 사람이 있었다.

'영숙아. 그동안 잘 지냈니?'

'……'

'여기 앞 강도 네가 나갔던 뒷내처럼 똑같이 바다로 흘러간다. 이제 이 강을 지나 학교로 갈 때마다 내가 영숙이 네 이름을 부르고 지나갈게.'

‘고마워 오빠…….’

‘영해도 내 동생처럼 여길 테니 걱정하지 말고.’

‘그래. 꼭 그렇게 해 줘, 오빠…….’

밀려오는 겨울 노을 속에 구릉구릉 흐르는 물이 대답했다.

소년의 열세 살이 서쪽 산에서 밀려와 앞 강에 번지고 스며드는 노을 속으로 지나가고 있었다.

21

그러나 훗날 어른이 된 소년은 나무들과의 약속을 지키지 못했다. 다시 학교로 돌아가 공부를 하며, 또 자라며 그쪽과 다른 길을 걸어왔다. 길은 달랐지만, 그때로부터 많은 시간이 흘러 귀밑머리가 허예진 나이 든 소년은 생각한다. 그때 두운령 아래 은월산의 나무들이 내어 준 길을 걸어 자신이 지금 여기까지 왔다고.

은덕사의 스님도 이제는 은월산 아래 낙락장송 같은 모습이 되었을 것이다. 아니, 어쩌면 돌아가셨을지도 모른다. 정말 이 세상 나무들의 영혼을 지키고 위로한 사람은 그 스님이었다.

소년도 그 시절, 소년의 눈에는 조금도 중 같아 보이지 않던 그 스님이 하늘의 할머니와 영숙이와 함께 위로하고 지킨 한 그루의 어린 나무였다.

시간을 걷는 소년

초판 1쇄 발행 2019년 06월 28일
초판 4쇄 발행 2022년 01월 25일

지은이 이순원

편집장 천미진 | **책임 편집** 임수현 | **편집** 최지우, 김현희
디자인 한지혜, 이지현 | **마케팅** 한소정 | **경영지원** 한지영

펴낸이 한혁수 | **펴낸곳** 도서출판 다림 | **등록** 1997. 8. 1. 제1-2209호
주소 07228 서울시 영등포구 영신로 220 KnK 디지털타워 1102호
전화 02-538-2913 | **팩스** 070-4275-1693 | **전자 우편** darimbooks@hanmail.net
블로그 blog.naver.com/darimbooks | **다림 카페** cafe.naver.com/darimbooks

ISBN 978-89-6177-197-9 (43810)

이 도서의 국립중앙도서관 출판예정도서목록(CIP)은 서지정보유통지원시스템 홈페이지(http://seoji.nl.go.kr)와 국가자료종합목록시스템(http://www.nl.go.kr/kolisnet)에서 이용하실 수 있습니다. (CIP제어번호 : 2019019923)